Depois será tarde

Luciana Annunziata

Depois será tarde

1° reimpressão

Editor:
Marcelo Nocelli

Revisão:
Sandra Regina
Marcelo Nocelli

Imagens da capa:
unsplash.com

Design e editoração eletrônica:
Karina Tenório

Dados Internacionais de Catalogação na Publicação (CIP)
Bibliotecária Juliana Farias Motta CRB7/5880

Annunziata, Luciana
Depois será tarde / Luciana Annunziata. – São Paulo:
Reformatório, 2022.
120 p.: 14x21cm

ISBN: 978-65-88091-46-3

1. Ficção brasileira. I. Título.

A615d CDD B869.3

Índice para catálogo sistemático:
1. Ficção brasileira

Editora Reformatório
www.reformatorio.com.br

E os anos se passaram como lenços
a dobrar-se sobre si mesmos.

Tony Morrison , "O Olho Mais Azul"

A todas as mulheres que buscam sua voz
(e a todas as pessoas que ousam ajudá-las).

Sumário

A estação das moscas

O amor e o dinheiro acabaram muito antes da estação das moscas, por isso nos mudamos para a fazenda. Agora ele está esparramado no sofá, lendo e transpirando, os insetos pousados sobre sua testa enorme. Ele finge não se incomodar com o ventilador quebrado há meses, e finge tão bem que acabou criando uma certa habilidade de ignorar as moscas. Quando eu vou para a cozinha, espio de longe e vejo como ele as espanta e seca a testa com uma pequena toalha escondida no vão do sofá, ao lado de suas coxas gordas.

Joel costumava ter pernas lindas e cavalgava. Eu adorava observar quando ele chegava galopando. Eu ficava na espreguiçadeira da varanda, o sol bronzeando as pernas, e tomava um suco gelado de tangerina ou manga ou mesmo morango, dependendo da estação. Esperava por ele lendo revistas de moda e observando a sombra da mangueira mudar de cor e o jardineiro regar as flores. Se eu tivesse sorte, formava-se um arco-íris acima dos canteiros para me entreter.

Ninguém mais rega as flores: o jardineiro foi demitido e eu não tenho paciência para esse tipo de trabalho. Na estação das moscas é pior, porque também é a estação seca e eu observo as roseiras murcharem aos poucos até ficarem negras e se curvarem, como se sujeitas a um grande peso. O preço da cana despencou, as portas rangem, a colheitadeira quebrada está encostada no canto do pátio e o administrador, um alcoólatra no fim das contas, também passa os dias assistindo filmes da tarde no sofá da antiga casa de colonos, abraçado àquele cachorro velho e peludo. A mulher dele se senta na cadeira de fórmica da cozinha e lamenta, lamenta. Por isso não vou mais tomar café com ela. A casa deles é pior na estação das moscas. Elas se escondem como pequenos pontos na escuridão e nada pode acabar com elas. Em casa, temos pelo menos aquela armadilha de luz azul na entrada. As moscas não resistem ao brilho e se suicidam, fazendo um ruído elétrico e trazendo o odor das pequenas mortes.

Eu já não ligo para o cheiro. Deito na rede e fico observando como as moscas morrem, ou apenas ouço seus suicídios involuntários de olhos fechados. Uma vez por semana, retiro a bandeja da parte inferior do mecanismo e observo aquele cemitério de asas escuras, as patinhas curvadas viradas para cima, os olhos sem aquele brilho verde e algum cheiro de fim. Veja quantas morreram essa semana! Eu costumava exclamar, na esperança de que Joel olhasse para mim ou para as moscas. Ele já não olha. Piorou depois que tivemos que vender os cavalos. Um a um, Joel se despediu deles. Quando chegavam as caminhonetes com aqueles baús para transporte de animais, ele ainda ajudava os bichos a subirem na rampa e dava pequenas batidas na carroceria quando a trava era fechada, como se o próprio caminhão fosse um animal muito grande que tinha engolido todos os outros. Esperava o carro desaparecer na poeira da estrada e voltava para casa arrastando os pés e transpirando. Foi assim que começou a engordar e parou de circular pela fazenda. Agora falta-nos o "olho do dono", o gado, os cavalos. O que restou já não interessa ao meu marido.

Uma das últimas coisas que Joel me disse olhando nos olhos foi algo sobre o tempo de viver e o tempo de ler. Tinha chegado o tempo de ler e ele se ocupava disso como se nada mais importasse.

Este ano está pior. A praga da cana se intensificou e eles soltaram ainda mais moscas para tentar combatê-la, aumentando a densidade dos zunidos e das patinhas dominando as fruteiras, a comida servida na mesa e até os quartos, onde não há nada comestível além de nós mesmos. As refeições só são possíveis diante do único ventilador que ainda não quebrou. Por sorte é o da cozinha.

Joel não se abala. Está lendo *Os Irmãos Karamazov*, um livro enorme que não acaba nunca. Eu abri outro dia ao acaso e o livro dizia: "A pessoa pode apaixonar-se também odiando". Foi assim conosco. Uma disputa de terras, as rixas dos nossos pais, as trepadas furtivas atrás da cocheira e o casamento no jardim para mais de trezentos convidados que conciliou uma cidade inteira.

Ele era inteligente, cobiçado e cínico, e eu o achava misterioso com tantos livros na mesa de cabeceira. Esperava na varanda que ele voltasse galopando sob o arco-íris que o jardineiro fazia para mim sem saber.

Já não tenho jardineiro, nem arco-íris. Já não compramos revistas femininas, nem revista alguma. Não é preciso comprar livros. A biblioteca da fazenda é enorme e ele decidiu ler os clássicos, tarefa que pelo jeito vai durar até seu último dia.

Eu decidi fugir daqui, decido isso todos os dias quando vejo Joel voltar da cidade reclamando da queda do preço da cana e do aumento da cachaça que vem substituindo o whisky no último ano. "A gente devia vender a fazenda", eu digo e ele concorda. Todos os dias ele concorda e entra em casa rumo aos livros.

Já não bronzeio as pernas. Ele não liga, nem eu, mas a espreguiçadeira continua sendo meu lugar favorito.

Hoje a moça está fazendo virado. A gente ainda consegue pagar a moça e eu fico grata pelo cheiro de feijão que vai enchendo a sala. O marido dela roça o terreno em torno da casa e eles recebem uma parte cultivando e colhendo da nossa horta, o que é muito conveniente para todos. Talvez o único bom negócio por aqui.

Eu gosto de ver como ele ergue a foice e maneja a tesoura com seus braços fortes e suas mãos largas. São jovens, os dois, e trazem um menino que fica correndo pelo jardim. Eu não ligo para o menino. Trato bem e até arranjei-lhe uma bola, mas a verdade é que não ligo. Se ligasse, teria tido meus próprios filhos.

Dias atrás ofereci uma das casas de colonos para eles morarem sem pagar nada de aluguel. Eu sei que ele trabalha numa loja de ferramentas na cidade, mas sinto que seria ótimo ter os dois por perto todos os dias para me distrair e para os pequenos serviços, é claro.

Eles ficaram de pensar, mas acho que não virão. Tive esse sentimento desde o dia em que fui visitar a casinha vazia que precisariam reformar. Não foi uma boa ideia ir no meio do dia: as moscas ouriçadas e ruidosas, a sala insuportavelmente quente. Deu para perceber como fazem falta as árvores ao redor, aquelas que meu pai mandou "limpar" há anos. Eles andaram de mãos dadas, o menino correu pelo quintal e a mãe foi buscá-lo correndo com medo das cobras. Antes não havia tantas, mas agora tem por causa do matagal que se formou.

Não, eles não virão.

Quando foram embora, fiquei na casinha observando a luz que entrava pelos pequenos vãos nas telhas cheias de limo. Imaginei as goteiras, observei os buracos no piso e a escada da porta de entrada onde antes a gente sentava para chupar mexericas com os empregados. Se não roçassem bem o terreno, as cobras poderiam mesmo entrar.

Talvez eu pudesse oferecer uma armadilha de moscas, para animá-los a vir, talvez até eles pudessem ficar com aquele último pangaré que está envelhecendo na cocheira. Mas não acho que eles virão e disse isso ao Joel. Ele ergueu os olhos dos *Irmãos Karamazov* e levantou a sobrancelha dizendo: que diferença isso faz?

Ele não entende.

Sentamos para comer enquanto a moça ia lavando a louça e eu relembrava a fazenda de outros tempos, me esforçando para contar tudo a ela como se fosse um filme americano onde todos trabalham alegremente no campo e terminam o dia exaustos e corados de sol. "Lembra, Joel, lembra?" A moça ficou de costas lavando a louça, de forma que eu não pude saber se ela achava graça da história, se sorria ou franzia o cenho. Joel comeu como sempre: com muito apetite, de cabeça baixa e mastigando bem devagar, até qualquer assunto morrer. Depois limpou a boca, serviu uma dose de cachaça para si e pediu licença sem nem oferecer ajuda. Eu já não ligo para isso, mas fico pensando: se pelo menos ele me contasse o que tem dentro dos livros, o tempo passaria mais rápido.

Ele já está no volume dois dos Karamazov. Outro dia, peguei o primeiro volume que estava ao lado da poltrona e me deitei na espreguiçadeira. Tentei experimentar o fascínio de Joel por aquela outra fazenda cheia de neve. Senti sono. Fechei os olhos, mas não consegui dormir. Culpo o calor, mas sei que é a idade chegando e a falta daquele cansaço que me acometia quando eu passava os dias cavalgando ou nadando no açude. Agora tenho medo de ir até lá. Também à beira dele encontraram uma cobra. Já na varanda, me sinto segura, apesar do calor, me sinto fria, como se tivesse abandonado meu lado solar naquele filme americano que já não vivemos.

E há a árvore, aquela mangueira enorme que meu pai disse ter sido plantada pela minha avó há quase um século. Sua copa é larga, frondosa e todos os anos ela nos presenteia com frutos gordos que rendem sucos, saladas e doces. Não sou eu que faço. Abri um dia o livro de receitas da avó, guardado na biblioteca também há séculos, e bati levemente na capa dura que dizia apenas "Receitas", uma forma de tentar despertar Joel do transe em que se encontrava. Ele ergueu os olhos e simulou um sorriso tão leve que poderia ser um espasmo e nada mais. Não esperou que eu saísse e já voltou os olhos para o livro pesado que tinha no colo.

A moça não sabe ler direito, mas tem boa memória e, assim, temos compotas para o ano todo.

Sempre gostei de caminhar debaixo da mangueira e tocar seu tronco e sua casca áspera, mas hoje, só hoje, senti uma vontade enorme de trepar nela. Não faço isso há anos. O doutor disse que meus joelhos devem ser preservados, mesmo que eu tenha passado apenas um pouco dos quarenta anos. Por aqui acham que toda mulher que já não pode ter filhos é uma velha.

Tiro as sandálias e começo a explorar as raízes, num jogo de desequilíbrio que massageia as plantas dos meus pés. Piso de frente, com as laterais e ouço o vento do fim da tarde que canta por dentro dos galhos, shhhhhhh, shhhhh, anunciando que o sol desce e a noite vai refrescar um pouco o jardim, a fazenda, o açude onde já não vou. Hoje, só hoje, é irresistível subir na árvore. Até meus joelhos querem.

Quando Joel chega da cidade, já estou no alto. Apesar da passagem dos anos, tenho prática e chego a reconhecer algumas forquilhas onde posso me apoiar e subir um pouco mais, depois mais alto, até que se torne quase perigoso. Vejo quando ele atravessa a varanda e passa pela espreguiçadeira. Não consigo saber se olha o meu lugar. Provavelmente não. Ele vai até a cozinha e ouço o barulho dos pratos. Ouço as colheres de pau nas panelas onde ele vai buscar os restos do almoço e o plim do micro-ondas onde aquece o prato para sumir novamente em algum canto onde tenha deixado os "Irmãos".

Anoitece. É lua cheia e a luz recortada entra pelos vãos da mangueira para desenhar as sombras da árvore sobre si mesma e sobre mim. Os galhos grossos e antigos me abraçam como há muito eu não sentia e posso ficar ali, as pernas pendentes, as costas encaixadas se coçando aqui e ali contra aquela casca áspera, as mangas penduradas que posso tocar quando quiser. Algumas já estão maduras. Escolho uma e acaricio sua casca lisa e amarelada. Tem a forma de meio coração. Nunca vi um coração humano, mas de boi já vi sim. É enorme e vermelho escuro, lembro bem o dia em que meu pai colocou sobre minhas duas mãos de menina aquele ser quase vivo, quase quente.

A manga está esfriando, como todo o resto na fazenda. Anoitece, as moscas se acalmam um pouco e uma leve fome toma conta de mim, o suficiente para me fazer rasgar entre os dentes a casca lisa da fruta a partir do ponto onde ficou dias pendurada me esperando. É só tirar a pontinha de caule arredondada que sobrou e logo o amarelo da fruta se faz ver. Foi assim que aprendi com meu pai e ainda consigo, ainda sei como é o sumo se derramando sobre meu queixo e minhas mãos até cair sobre a terra lá embaixo. Não posso ver os pingos amarelos, mas imagino onde caem. Talvez agora as sandálias estejam melecadas, ou talvez a grama, ou as raízes.

Tarde da noite, um ruído agudo me desperta. São os pés desgastados da espreguiçadeira da varanda que Joel arrasta como se quisesse sacodir minha presença. Vejo quando se senta nos degraus da entrada para observar a lua. Faz isso quando está sozinho, então? Faz isso no meio da noite quando estou dormindo no quarto que foi nosso? Ou estaria me procurando? Não dou um pio. Tudo é silêncio e só o vento farfalha. Shhhhh,

shhhhh, gosto que ele me procure e meu coração acelera um pouco imaginando suas mãos nos meus pés soltos sob a mangueira. Um prazer tímido começa a brotar ali onde a forquilha toca minhas coxas. Os pés agora querem se esticar e soltar, estirando as pernas que procuram na árvore algum tipo perdido de quentura. Não. A árvore não é quente, mas vibra, sinto como vibra muito de leve desde o primeiro momento em que me abracei a ela para subir mais e mais. Agora, já totalmente acoplada como se fosse um de seus galhos, vibro também até sentir espasmos que crescem e fazem os pés tremerem. Durmo tão saciada que nem me preocupo com as moscas. A última lembrança dessa noite é o som seco do caroço da manga que escapa das minhas mãos e cai sobre a grama.

Amanheço quente e atordoada pelo zunido renovado das moscas que tentam pousar em minhas mãos ainda melecadas de ontem. Lá embaixo, elas dominam o caroço e as cascas que deixei cair, devorando tudo. Quase não se vê o amarelo. Assisto à moça chegar para abrir a casa, ouço o ruído da vassoura de palha sobre o piso frio da cozinha. É preciso varrer todos os dias, manhã e tarde. A poeira não dá trégua à casa velha e cheia de janelas. A moça segue para a varanda e esvazia a armadilha, recolhendo os insetos com a pá para enterrar no buraco do jardim. A mangueira me protege do calor crescente. Abraçada a ela, enxergo as sandálias lá embaixo, molhadas de sereno.

Pela altura do sol, são quase dez horas quando a moça sai pelo quintal à minha procura. Dona Cláudia! Dona Cláudia! Demora algum tempo até que encontre minhas sandálias. Olha para cima, mas não me vê. Sabe que estou ali, mas não vai subir na árvore. Faz um gesto exasperado e volta na hora do almoço com um prato de comida coberto por um pano, um copo de suco e outro de água que deixa ali como se fosse uma oferenda. Quando termina seu horário de serviço, Joel a acompanha até os mesmos degraus onde ontem se sentou. Gasta alguns minutos parado olhando não sei para onde. Não vê as sandálias e a moça também não lhe diz nada, ou ao menos não parece. Meu marido sequer contorna a casa à minha procura. Deita-se na espreguiçadeira que ainda tem um pouco de mim e eu, satisfeita de comida, manga e árvore, busco um novo canto para passar a noite em que vai chover.

Agradecemos quando chove na estação das moscas. É o começo do fim, alivia um pouco a poeira, o mato e as árvores. As formigas se agitam e formam novas trilhas que acompanho com o olhar e evito. Sinto molhar a roupa aos poucos pelos mesmos vãos onde na noite anterior pude espiar a lua. O tecido vai colando ao meu corpo e observo meus seios, minha barriga, minhas coxas. Abro a boca e permaneço assim até encher-me o gole. Um pedaço do vestido está rasgado, mas já não importa. Ninguém pode me ver e procuro não pensar em nada, muito menos nas revistas de moda que parecem agora fazer parte de uma vida muito antiga. Exploro a árvore durante o dia com suas infinitas possibilidades de manga e gozo. Há momentos em que me lembro da avó que não conheci. Lembro-me do pai descrevendo seus cabelos muito longos e seus braços fortes de mexer doces na panela de barro. Quase a vejo plantando a muda pequenina de mangueira que faria crescer sombra ao lado da casa.

Passam-se dias. A lua míngua. Já não percebo o zunido das moscas. O prato é deixado sob a mangueira e a moça leva embora as sandálias. Vejo quando as lava no tanque de fora.

Na lua nova, Joel tem um tipo de epifania. Caminha finalmente ao redor da casa uma, duas vezes, depois quase corre, e então dá um grito muito grave que parece vir do fundo de seu estômago: "Agora me deixas livre! Livreeeee!!". E eu me lembro dessas palavras! Lembro sim!! Estão bem no começo do livro e agora finalmente são do meu marido! Ele precisa gritá-las e arrancá-las de sua barriga imensa onde o muito que nunca me disse se acumulou. E ele consegue! Nessa noite tão espessa ele finalmente me diz o que havia dentro dos livros e eu ouço. Ele não sabe, talvez, mas eu ouço as palavras estrangeiras que ele grita como suas e sinto o lamento que as recobre como a gosma de manga entre os dedos. Ele comemora meu desaparecimento, mas algo se rasga dentro dele. De alguma forma, minha ausência torna seu silêncio impossível e ele sofre por isso.

Meu corpo se contrai de tristeza e espanto. O caroço do coração se amarra no peito, o corpo se recolhe todo. Sinto milhares de patinhas minúsculas sobre mim. Acomodo a cabeça junto ao pedaço rasgado do vestido que amarrei a um galho alto para guardar as mangas maduras. Joel ainda está na varanda. Exausto, respira com um canto rouco. Deixo cair uma manga que rola na direção da casa. Ele não nota.

Hoje o marido da moça veio e resolveu regar os canteiros. Ele nunca faz isso. Escutei quando desenroscou com cuidado a mangueira ressecada que serve o jardim. Pendurei-me no galho mais distante na esperança de enxergar o arco-íris que, com sorte, ele ia fazer. Sei que ele talvez possa enxergar meus pés balançando logo abaixo da copa da árvore, mas já não importa. Uma camada áspera e marrom vem recobrindo minhas pernas e pés desde o dia em que ralei os joelhos. Agora cresce descontroladamente. Ninguém me reconheceria.

Algo sobre as plantas

O pai morre e ele está sozinho na casa. Nunca morou nem vai morar ali. Veio porque o médico avisou que eram os últimos dias do velho e fica porque precisa ajeitar a casa para vender e pagar a rescisão da enfermeira.

Ele sabe como foi o último dia do pai: caminhar pela praça, tomar um café na padaria, voltar para casa e se sentar na varanda. Foi encontrado no dia seguinte pelo vizinho que estranhou o velho dormindo do lado de fora. Não deu tempo de trocar as últimas palavras, então as últimas foram as do mês passado mesmo. Ele mal se lembra. Queria lembrar, mas não consegue. Devia ser algo sobre as plantas.

O pai ganhou mudas de todo mundo até o final da vida. Plantava sem qualquer ordem como se o quintal fosse infinito e elas cresciam fortes e selvagens; daí a casa tão úmida e as paredes descascando. O filho cutuca até aparecer a cor escolhida pelos antigos moradores. Rosa. E continua cutucando até cair um trecho do estuque com a última camada da pintura amarela escolhida pelo pai.

As folhas e o mato tomaram conta de toda a trilha do portão até a garagem e o Fusca ficou para sempre preso ali, com uma árvore de bom tamanho crescendo entre os vãos dos blocos rachados por onde o carro costumava sair. O Fusca é outro problema a resolver. Ele pisa nos blocos, jogando o peso do corpo para a frente e para trás e testa o som seco de pedra sobre a terra úmida. Escuta os grilos.

Decide começar pelo muro da frente. Faz movimentos ritmados com a tesoura, gosta das batidas metálicas e do cheiro fresco, gosta de ver as plantas caindo no chão umas sobre as outras. Mesmo dos caules amputados ele gosta. Nunca tinha feito isso porque o pai não permitia.

O sol sobe e os recortes de luz sobre o chão do quintal vão mudando de lugar. Ele transpira cada vez mais. Percebe a chegada de Dora quando seus olhos surgem por trás do muro baixo, depois vem o ruído enferrujado do portão e os sapatos brancos.

— Eu sinto muito.

— Ah, olá, Dora. — Ele limpa as mãos na calça jeans e olha para o sol escondido atrás da cabeça da enfermeira como a aura dos santos de igreja. Levanta-se.

— Foi uma pena você não chegar a tempo — diz ela.

— Talvez tenha sido melhor.

Mas as enfermeiras sabem: nunca é melhor quando o pai morre antes do filho chegar. Ele olha para baixo e aproveita para cortar alguns gerânios que invadiram o caminho da varanda. Tem vontade de dizer "Ele morreu! Acabou, porra!" e bate a tesoura mais forte. Sente um certo alívio. Não vai mais atender num sobressalto os telefonemas de Dora nem pegar a estrada às pressas para socorrer o velho.

— Vai vender a casa?

— Vou, claro, só preciso vencer este jardim e dar uma ajeitada na bagunça.

Ela percebe o olhar dele percorrendo o emaranhado das plantas.

— Eu sempre dizia pro seu pai que isso aqui parecia o castelo da Bela Adormecida e que um dia eu ia precisar de uma espada pra entrar.

Mas ele não ri. Pensa que é uma analogia ruim e que não houve qualquer encantamento na forma como o pai morreu. Ele só se sentou na varanda, ficou duro e gelado.

— A casa está imunda, Dora, a cozinha então, nem se fala. Como você deixou?

— Epa! Eu nunca fui paga para cuidar da casa e sim do seu pai. Esse era o jeito dele viver e você já devia ter aceitado ou tomado uma atitude. Olha, eu vou entrar, vou recolher minhas coisas e vou passar um café pra gente continuar a conversa.

Ele não quer conversar, mas quer o café. Vê uma muda de pitangueira rente demais ao muro, mas não tem coragem de arrancar e plantar em outro lugar porque tem receio de matar a árvore. Ela volta e lhe entrega a xícara com um sorriso redondo e rosado, os cabelos tingidos de loiro, o uniforme apertado em torno da barriga. Ele se lembra porque confiou nela tão rápido e se lembra também da merda grudada na cueca do pai no fim do dia. Ela limpava sempre, ele limpou da última vez que esteve com o velho.

— Obrigado, de qualquer forma — ele apoia a tesoura no chão, assopra e prova o café. Sente o calor descendo pelo corpo.

— Sabe, seu pai falou muito de você nos últimos dias, contou das pescarias na represa e falou da sua mãe. Disse que nunca mais quis casar.

— Ninguém teve foi paciência com ele, Dora.

— Ele era fogo, eu sei... Tinhoso demais! Mas era um homem bom.

— Todos riam dele.

— E ele não se importava.

— Ele não batia bem.

— Não é verdade. Ele só lidava melhor com plantas do que com pessoas. Acontece até comigo às vezes.

— Deve ser difícil na sua profissão.

— E na sua também.

— Mas eu não dou comida na boca nem limpo a bunda dos alunos.

— E também não ouve histórias antigas. Sabe, essa é a melhor parte com os velhos: você pergunta e eles ficam horas contando. É tipo... uma máquina do tempo e mesmo que seja mentira, é quando sabemos se ainda estão lúcidos.

— Olha, Dora, eu preciso continuar isso aqui, tá bem? — e ele recolhe a tesoura pesada do chão. — Você quer receber agora? Posso ir buscar o dinheiro.

— Não se preocupe. Eu passo depois.

Nessa noite chove. Ele tenta dormir no sofá como na noite anterior, mas uma goteira se instalou em seu lugar. Quer mover o sofá, mas não tem para onde. Há tralhas por toda parte. Vai ter que subir para o quarto.

Sempre achou nojenta a escada coberta de carpete, só que "de jeito nenhum, nem pensar em tirar!", dizia o pai.

As cobertas sobre a cama do velho formam um redondo em volta do lugar onde ele dormiu pela última vez e o travesseiro está caído no chão. Precisa de um banho e agradece quando encontra toalha, sabonete e principalmente água quente. A chuva aperta e ele percebe a sorte do velho. Nem uma única goteira sobre a cama. Bate e estica os lençóis, deita e é atropelado pelo cansaço.

Acorda por causa das panelas, não uma ou duas, mas várias panelas caindo no andar de baixo. Tem alguém na casa. Mas quem nessa puta vida ia querer entrar naquela casa?! Mal começa a caminhar, já pisa numa poça d'água. Merda! Tira as meias molhadas e veste os chinelos. O barulho agora é de pratos, ele se esgueira para acender a luz da cozinha.

Era você, desgraçado!! O gato recua, ele pisa forte. O gato reage, ele abre a porta para o quintal, mas é um rato que sai. Dá um salto para trás e fecha a porta para o bicho não voltar, o gato debaixo da mesa ainda está arrepiado, os dois com o coração batendo forte. Senta por um instante no piso da cozinha, encosta a cabeça na porta. Está exausto. O gato cheira seu pé.

Ela precisa receber, mas já é uma hora da tarde e está tudo fechado por lá. Dora bate palmas e como ninguém responde decide entrar com a própria chave. Precisa lembrar de devolver. Chama pelo moço e nada. Sobe as escadas e quase pode ver o velho se apoiando no corrimão para descer. Encontra o moço dormindo com o gato nos pés.

Só o bicho acorda para cumprimentar Dora. Ela deixa tudo como está e vai embora.

O pai morreu já faz mais de duas semanas e o filho não foi embora ainda. Ela não entende por quê. Um monte de gente na cidade pode fazer o serviço do jardim e ajeitar a casa, mas ele ficou.

— Entra, Dora, eu preciso mesmo de uma pausa e um copo d'água.

Ela caminha devagar. Parece que o moço está fazendo um canteiro perto do muro da direita. A cozinha está limpa e dá para ver o abacateiro podado pela janela. Ela se senta, ele lhe estende um copo d'água sem ela pedir e vai fazer o café.

— Não me lembrava de tantas goteiras, Dora.

— Você não ficava muito tempo por aqui.

— Eu sei, mas não acho que fazia diferença pra ele.

— Sempre faz.

— E tem um gato morando na casa.

— Seu pai disse que ele é um bom caçador.

— Nem fala! Quase destruiu a cozinha e me matou de susto atrás de um rato!

E ele continua contando. Parece o pai: a mesma magreza e a calva se anunciando. Ela toma um gole de café amargo mesmo, porque não quer interromper a história para pedir o açúcar.

— Você podou o abacateiro, não foi?

— Foi sim. Tinha uns galhos enormes em cima do telhado, se continua chovendo vai ser um estrago!

— Fez bem. — Ela termina o café e sai para conferir o serviço de perto. O rosto redondo de Dora fica iluminado quando ela observa o sol entrando por cima da casa e pelos vãos abertos na folhagem. Encontra o gato lá no alto e chama. Tsc-tsc-tsc, tsc-tsc-tsc. Ele desce pelo tronco e usa o cabo da enxada encostada na árvore para chegar aos pés da enfermeira, enroscando o rabo em sua perna. Está mais manso.

— É a enxada do seu pai. Ele tentou erguer faz uns meses, não conseguiu. Me mandou guardar e não falou mais nela.

— Pois é. Eu precisei.

— Então você entrou no quarto de ferramentas dele? Aquele furdunço!

— Mal dava para abrir a porta de tanta bagunça! Mas mandei o Xerife antes pra não ter nenhuma surpresa.

— Xerife?

— É. É o nome que eu dei pro gato — e voltando-se para dentro da casa avisa que vai buscar o dinheiro do pagamento.

Onde dormem as mariposas

Eu não sei mais o que está acontecendo com a minha filha. Agora mesmo ela está lá no fundo do quintal debaixo da pitangueira falando sozinha. Ficou assim desde que a mamãe morreu. Não. Não vou chamar de alucinação. Deve ser saudade ou invencionice. No começo eu até falava "tá bom, filha, manda um beijo pra vovó", mas desde que vieram as mariposas, comecei a ficar incomodada.

Sempre entrava uma ou outra aqui em casa, é normal, moramos no campo. Mas uma noite estávamos na cozinha jantando, o Jorge, meu marido, de cabeça baixa sobre o prato de macarrão, minha filha Clarice com os dedos gordurosos de frango, e elas começaram a entrar em bandos. Falei "Filha, ajuda a fechar as janelas!", mas ela nem se mexeu. Continuou comendo concentrada com aqueles cabelos cacheados quase entrando dentro do prato e ignorou meu pedido. "Clarice?!" — repeti em tom de bronca. Ela então retrucou que as mariposas estavam ali porque a vovó queria falar comigo e ela não podia atrapalhar. Jorge disse "deixa, Ana" e começou a me ajudar. Fechei a janela maior com tanta força que acabei quebrando a unha.

Eu quase nunca faço as unhas, mas tinha pintado de rosa para o velório e o enterro da mamãe. Só eu e meu irmão Marcos pudemos acompanhar. Nunca imaginei que seria assim, nunca! Minha mãe tinha muitas amigas, era a benzedeira do bairro, tenho certeza que muita gente ia querer se despedir dela, mas não. Ficamos eu e o Marcos olhando um para a cara do outro e o caixão fechado da mãe entre nós. Ninguém conhecia direito aquele vírus, eram os protocolos.

Eu poderia ter ignorado essa bobagem das mariposas se não fossem as lembranças.

Eu tinha mais ou menos a idade da minha filha. Eu e mamãe ficávamos sentadas na varanda desta mesma casa quando escurecia. Ela tomava seu café e comia uma fatia de bolo com muita calma enquanto eu contava sobre o dia na escola. Na parede iluminada pela arandela em forma de estrela de que ela tanto gostava, começavam a se reunir diversos tipos de mariposas e insetos. Era uma verdadeira convenção de bichinhos noturnos. Puxávamos nossas cadeiras para perto deles, mantendo alguma distância para poder observá-los sem sermos atingidas por seus voos erráticos e conversávamos sobre as mariposas como se assistíssemos a um programa de TV inédito que misturava arte e biologia.

"Você tem medo delas, mãe?" E é claro que Dona Paulina não tinha. Ela adorava as mariposas. Dizia que eram muito mais variadas do que as borboletas e além disso tinham o poder de enxergar à noite, eram destemidas. Eu não. Eu tinha muito medo do escuro e crises de insônia. Às vezes, me deitava na cama e ficava imaginando que eu era uma mariposa e podia sair pela janela passeando com os besouros e os vaga-lumes noite afora. Isso me acalmava e me ajudava a dormir. Isso me acalmava e me ajudava a dormir.

Peludas, rendilhadas, com pontinhos dourados ou prateados no dorso das asas (as minhas favoritas); a cada dia chegava uma mariposa nova para nomearmos. "Veja, mãe, é uma pintucha!" (pintadinha e gorducha). Tinha também a "noivinha" (com todos os tons de branco e prateado nas asas) e a "monstra" (enorme e sempre machucada das aventuras noturnas).

No dia da invasão da cozinha, entraram quase todos os tipos. Só não tinha monstras, essas sumiram nos últimos tempos; mas as outras estavam lá: as "muxibas" (feias demais para terem outro nome), as piticas (menores do que uma unha) e as "vincas" que chamávamos assim porque as asas eram plissadas como a saia dos dias especiais da minha mãe.

Depois da bronca, a Clarice começou a me ajudar a fechar as janelas, mas foi quase pior: ela espantava as bichinhas falando "desculpa, viu, vó, outro dia você manda elas de volta".

Eu também tenho saudades da minha mãe. Ela morreu no mês passado depois de uma tarde horrível em que agonizou na nossa frente, puxando, repuxando e implorando pelo ar que estava em toda parte, mas não parecia entrar no corpo dela de jeito nenhum. No começo eu gritei com ela "respira, mãe!", depois me senti ridícula e impotente. Fiquei ali segurando aquela mão manchada e olhando minha mãe azular enquanto o Jorge ligava desesperado para todos os hospitais lotados da nossa região. Tudo é longe por aqui, e demorado. Mas naquele dia foi rápido.

Ela tinha asma.

A asma se associou ao vírus.

Eles levaram minha mãe.

As asas da morte não tinham rendilhados, vincos, brilhos nem os pelinhos que eu vi ontem à noite numa mariposa enorme.

De certa forma, tenho inveja da Clarice. Ela pelo menos tem essa ideia de que é possível conversar com a minha mãe. E são longuíssimas as conversas que elas travam. Minha filha chega a gargalhar e eu vejo da cozinha como seus cachos ventam para a frente e para trás no balanço debaixo da pitangueira.

Outro dia não aguentei. Eu tentava dissipar os pensamentos e enfrentar a indecisão do cardápio enquanto cortava os legumes quase passados para um caldo. Aos poucos, a conversa da Clarice lá fora foi ganhando nitidez em meus ouvidos e uma gastura começou a subir em espiral pelo meu estômago até se transformar em dor depois em grito! Urrei, fincando a faca sobre a tábua de madeira e corri na direção do balanço: "Clarice!! Clarice, para com isso pelamordedeus!! Tá maluca?! Não tem ninguém aqui, olha só!!" E eu abanava os braços sob a árvore e ao redor dela como uma mariposa ou um morcego ensandecido. "Tá vendo?! Tá?!". Ela gritou "Para, mãe, para!!" e começou a chorar, dizendo que eu estava machucando a vovó. Mas eu não conseguia parar. Saiu de dentro de mim um ronco de bicho ferido, uma dor aguda de saudade, de raiva por ela ter ido embora e me deixado, por ter sido tão rápido, por não ter conseguido hospital pra ela! Foi como se o peito virasse fogo e explodisse para fora de mim, queimando todo o jardim. Exausta, caí de joelhos embaixo da pitangueira bem onde uma pedra pequena e pontuda me esperava, motivo concreto para o choro desembestar de vez e eu cair e me dobrar sobre a terra batida do quintal. Ahhhhhh!!! Ahhhhhh!!!!

Senti o corpo esguio de Clarice subir em minhas costas e me abraçar por trás, movendo-se com meus soluços até pararem: menina-boia na tempestade. "Vem, mãe, vamos fazer um curativo". Tomou-me pela mão e selamos as pazes com cheiro de água oxigenada e mertiolate.

Hoje faz um calor de fritar ovo na calçada por aqui. Jorge até saiu de chapéu para trabalhar. Coloquei meu vestido mais levinho de todos, aquele com pequenas flores verdes, e sentei na cozinha para observar o machucado. Está bem roxo ainda, com uma perfuração funda no meio em forma de T. Preciso preparar o almoço, mas tem sido difícil. Não tem ninguém para conversar sobre o cardápio. Minha mãe morreu sem ar. Foi tão rápido.

Clarice passa rumo ao quintal. "Precisa de ajuda, mãe?", "Ainda não, filha".

Ela já não diz que vai conversar com a vovó como fazia no começo, mas eu sei que, na cabecinha dela, ela vai. Está sentada no balanço ao lado da pintagueira cantando e falando sozinha de novo. A escola está suspensa desde março e isso também deixa Clarice mais alterada. Aula pelo computador não funciona para uma menina de dez anos cheia de energia e imaginação. Se ela estivesse na escola, não ficaria inventando absurdos.

Respiro fundo e começo recolhendo do piso as mariposas que não conseguimos expulsar ontem. Tenho pena de varrer, porque algumas estão só dormindo, mas não consigo começar a cozinhar com tantos insetos no piso, nos batentes das janelas, em toda parte. Elas têm vindo em número cada vez maior.

Hoje tem muitas vincas atrás do fogão. Elas gostam da luz da coifa que acendemos quando estamos jantando, eu já percebi, então acabam morrendo ali mesmo, sobre o fogão ou atrás dele. Preciso lembrar de desligar a luz da coifa e vou pedir ao Jorge para trocar a lâmpada que pende sobre a mesa por outra mais forte. Assim não vou mais precisar acender essa aqui.

Junto todas as mariposas com muito cuidado na pá. Uso uma pequena escova de roupas para não as machucar, deposito-as na grama em frente à cozinha. Fico procurando semelhanças entre os vários tipos. Quase não encontro. Deve haver algum Deus das Mariposas criando tantos desenhos para enfeitar a noite. Olho para o céu azul acima do jardim como se fosse certeza que minha mãe está ali. Quero acreditar, ter a segurança da Clarice, mas há sempre uma nuvem de desconfiança, mesmo sob o céu limpo como hoje.

Esfrego as mãos no avental antes de me levantar e percebo nele um furo. É um avental de que gosto muito, foi minha sogra quem me deu. Já que não sei o que cozinhar, vou buscar a caixa de costura e dar um pontinho antes mesmo de preparar o almoço.

Subo até o quarto da mãe e lá está a caixa de costura: na primeira prateleira da direita do armário de Dona Paulina, onde sempre esteve. Toco pela primeira vez os vestidos dela. Ainda não deu tempo nem ânimo de mexer ali. Estão todos perfilados e passados do jeitinho que ela os deixou. No terceiro cabide, atrás do vestido lilás do casamento do Marcos, está a saia plissada. Retiro do cabide e passo meus dedos nos vincos com a máxima delicadeza, como se temesse matá-los. Aquele ardor se instala de novo no meu peito, uma saudade que dói, dói, mas já não grita.

Escolho uma blusa qualquer. Minha mãe era um pouco mais gordinha, mas os seios são do mesmo tamanho: um pouco grandes demais, ela dizia. A blusa combina perfeitamente com a saia, talvez ela tenha vestido exatamente esse conjunto. Olho no espelho do armário e me vejo tão ela e tão linda. "Mãe!..."

Prendo os cabelos um pouco desgrenhados para ser mais condizente com a roupa. Pé ante pé, desço as escadas. Atravesso a cozinha, saio pela porta dos fundos, cruzo devagar o jardim e lá está Clarice, no balanço. Cede espaço e pede para sentar no meu colo. É um pouco grandinha, já quase não dá, mas nos acomodamos e nos abraçamos como há dias não fazíamos. Vou observando o cantinho onde minha mãe escolheu conversar com ela, tiro os sapatos para balançar e sinto nas solas dos pés a terra do nosso quintal, ainda úmida da chuva de ontem. No vão do tronco da quaresmeira ao lado, vejo de relance diversas mariposas. Talvez elas se escondam ali até que eu acenda a luz da cozinha.

Tomates sem pele

A mãe espeta os tomates no garfo, coloca bem perto do fogo e roda, roda, enquanto a casca chia até estourar e se enroscar sobre si mesma num pequeno grito. Eu adorava fazer como ela e puxar a pele dos tomates quentes bem devagar a partir do ponto em que se rompia para sentir como a casca fina se soltava com seu aspecto de papel brilhante e quase transparente. Eu acariciava os veios amarelados da superfície porosa, depois apertava a carne dos tomates e espalhava os grumos nos dedos até virarem suco. Mas isso foi antes de saber da história da mulher queimada.

Todo mundo aqui em casa ama tomates porque a gente planta, mas o avô é fascinado por eles. Hoje mesmo, ele ficou no fundo da estufa lidando com uma dúzia que colocou com todo cuidado sobre a bancada de ardósia escura, bem ao lado da pia. Tocou a lisura das curvas, sentiu o tamanho e o peso de cada um na palma da mão, observou os tons de verde, laranja e vermelho sob o brilho dourado do sol que entrava pelo vitrô. Quando encontrou uma mancha escura, o avô enfiou o dedo com força até a unha desaparecer lá dentro num ruído gosmento e rude. Senti vontade de gritar! É como se ele enfiasse o dedo na minha própria carne, quase dói! Mas fiquei em silêncio com medo de ser descoberta. Ele então verteu o sumo da fruta sobre a bancada e brincou com as sementes, rodando-as para lá e para cá com as pontas dos dedos, sem nunca tirar o chapéu de palha da cabeça.

Eu adoro o avô, adoro os tomates e adoro o chapéu que ele coloca na minha cabeça quando voltamos para casa. Antes, eu cambaleava com os olhos cobertos pela brancura da palha, enxergando as pedras chatas da trilha só quando olhava bem para baixo. Gostava de acompanhar a alternância dos brilhos estrelados do sol entrando pelos furinhos da trama. Agora já não. O chapéu me cabe quase certo e o avô se curva de um jeito solene quando o coloca na minha cabeça, como se fosse uma coroa. Diz que estou ficando moça. Mesmo assim, eu continuo brincando de cambalear como se meus olhos ainda estivessem cobertos. Caminho dançando naquela trilha como numa espécie de instrumento sem som onde meus pés e os do avô tocam uma melodia só nossa. Mas à noite, mesmo sem querer, imagino as mãos do avô tocando a pele da mulher antes do fogo, primeiro com suavidade, depois com pressão e violência até furá-la! Já não consigo mais olhar a mãe preparando o molho sem pensar nela. Eu ouço o chiado da pele dos tomates se rompendo e sem querer penso em como a mulher se queimou pouco a pouco; sinto a dor dela tomando conta de tudo e o pavor quando percebeu que não dava mais para lavar o combustível que tinha jogado sobre si mesma. Meu peito aperta e dá um nó, os punhos coçam até ficarem vermelhos, fecho os olhos, mas é pior. Vejo a pele dela se soltar todinha até mostrar a carne. Ouço a mãe escolher mais um tomate, colocar perto do fogo e rodar, rodar, rodar! Quero fugir correndo da cozinha antes de ouvir o primeiro chiado e fujo mesmo! Digo pra mãe algo da escola ou finjo ter ouvido um barulho na sala. Vou ver o que é. Tá bem, ela diz. Então eu corro para o quintal e grito, como se aquele grito pudesse tirar a mulher de dentro dos tomates para sempre! E tiro os chinelos para ver se a terra alivia um pouco (a tia mandou fazer isso quando eu ficasse aflita, é coisa de moça e a certa altura acontece com todas). Mas a tia não sabe da mulher dos tomates. Além do avô, só a Dita e a mãe sabem. E eu, que ouvi da voz delas quando passava pela porta da cozinha naquela noite. Eu devia era ter ido dormir como a mãe mandou e nunca ia saber. Nunquinha!

Todo mundo finge que ela não existiu, mas agora eu sei. Morava em outra cidade onde o avô antigamente ia fazer entregas de frutas e verduras com sua caminhonete. Ele era jovem, forte e devia ter a mesma voz grave e rouca que eu sempre amei. As estradas de terra eram cheias de curvas e ele sabia desatolar a caminhonete sozinho quando chovia. Não sei o nome da mulher, não sei se morava na beira da estrada ou se conheceu o avô porque lhe ofereceu um copo d'água para aliviar a secura da viagem, depois um café e na próxima vez, sua cama. E nem sei se foi a única. O avô devia conhecer muitas mulheres no caminho.

Hoje cheguei bem perto dele quando estava na estufa. Ele demorou a me notar. Deve pensar na mulher quando acaricia os tomates e isso o leva para muito longe.

Às vezes, eu volto na estufa depois dele sair e fico lá fazendo tudo o que ele fez. Fico pensando se era assim a pele dela, se brilhava, se tinha a quentura do sol, se a unha dele entrava na carne da mulher. Percorro toda a volta do tomate com os dedos. As curvas são perfeitas e, mesmo sem encontrar defeito nenhum, eu vou lá e enfio o dedo com força até furar a casca e fico sentindo o molhado das sementes com as pontas dos dedos. Dá um arrepio por dentro, uma coisa que nem sei de tão boa!

Os tomates machucados, eu atiro bem longe no mato para ninguém ver. Finjo que nem estive por lá. São muitos tomates, ninguém nunca notou nem vai notar.

400 g

Ela se concentra na escolha entre a alface e a rúcula como se aquilo fosse um dilema existencial. Elege a rúcula e logo engata uma fatia da quiche de berinjela sem pensar muito no gosto que pode ter uma quiche de berinjela. Escolhe só porque estava junto do bufê de saladas.

O amigo do ex fica parado contemplando o vinagrete depois dispara. "Você não perguntou, mas eu vou contar. Ele está morando aqui perto, acredita? Acabou de ter um filho, o menino é uma graça, quatro ou cinco meses no máximo. Parou de beber e fumar, está ótimo, você nem ia reconhecer."

Espera a reação dela com um sadismo familiar para ambos. Quando eles tinham vinte e poucos anos, o sarcasmo, a ironia e até o sadismo eram sinais de inteligência. Isso os fazia rir. Agora ela não se ilude. Sabe que o sarcasmo é só um subterfúgio espertinho usado por gente frustrada para impressionar, ou pelo menos é isso em 90% dos casos.

Pega uma única fatia de beterraba e coloca com todo cuidado ao lado da quiche para não manchar. Não tem vontade de lembrar do coração se abrindo ao meio e contaminando tudo, nem do corpo com fome quando esperava o ex voltar de viagem. Se fosse possível, gostaria de apagar essa memória, mas não é; e basta pensar nisso para perceber que não quer apagar coisa nenhuma, senão capaz de nunca mais sentir o peito enchendo de calor, o corpo todo inflado e aquela vontade insuportável de sorrir. Ela lembra do sol do fim da tarde, ele apoiado na pilastra do apartamento abraçando os joelhos, o olhar tão triste. Foi uma briga? Ela não lembra. Só sabe que a medida da saciedade foi dada por aquele amor e pronto. O ex-marido não era burro e denunciou isso durante anos.

Tomates-cereja e ovos de codorna. Ela é ovo-lacto-vegetariana, um nome horrível. Vegana soa melhor, mas ainda não é o caso. O amigo do ex faz algum comentário comparando o prato dela às calorias da bisteca que serviu para si próprio. Quarta é dia de feijoada, ela nem devia ter vindo no Quilão!

"Tive dois filhos, trabalho com moda". "Mesmo?", "hum hum" e ela coloca um tomatinho subversivo na boca, uns dez gramas a menos no faturamento do quilo, mas ninguém viu. Não comenta o próprio estado civil, nem pergunta o dele. Pega grão-de-bico, mesmo já tendo escolhido o feijão. Olha o próprio prato e sabe que não combina, mas não dá pra voltar atrás, foi uma forma de ficar só na região das saladas e dos acompanhamentos, encher o prato rápido e se sentar bem longe, aproveitando que o amigo do ex ficou na área dos pratos quentes esperando vir mais couve da cozinha. Segue para a fila da balança.

O amigo está três pessoas atrás dela. Seria melhor ter esperado ele entrar na fila primeiro, assim não teria risco de pedir para sentar junto. Ela ainda pensa em tentar contato com a velhinha de olhos fundos à sua frente e arranjar companhia para o almoço, mas perde a coragem. Pela cara, a mulher está com gripe e no fundo ela não tem vontade de falar com ninguém.

400 g é o peso do prato. "Algo para beber, senhora?". Ela escolhe um chá gelado e segue com a bandeja até a bancada dos solitários de frente para a rua. Se ele vier, pelo menos vai ter que sentar ao seu lado e não de frente para ela, mas o amigo do ex não vem e ela não vai virar de costas para ver onde ele se sentou.

"Você não perguntou, mas eu vou contar". Ela aprendeu a respirar fundo para não ser dominada pela raiva e faz isso enquanto pousa os talheres ao lado do prato, mastiga e acompanha com o olhar o moço malhado saindo da academia. A quiche não é ruim afinal. O moço vira a esquina.

Mora aqui perto, teve filho, cinco meses, uma garota que deve ser aluna dele na faculdade, quem sabe?

O amigo do ex sabe.

Ela pensa no pudim de leite, mas prefere ir embora logo. Paga R$ 19,50 e o amigo acena de longe. Pior que ele também deve morar por aqui.

Linha fina

Marcamos onze e meia, mas o Giga nunca chega no horário e hoje não é diferente. Eu fico pronta antes, sento na poltrona perto da janela e assisto à luz do poste e ao luminoso da padaria colorirem a garoa. Uma azia sobe devagar e espalha acidez pelo corpo todo. O celular queima na minha mão. Eu sei o que fazer.

Tirei o bebê faz três meses. “Não cabe uma criança na nossa vida, gata, você sabe disso”. Abriu minha mão e colocou a grana lá, junto com o papel onde estava escrito o telefone da clínica. “Eu vou com você, prometo”.

Ele não foi. A sala de espera era azul e tinha cheiro de formol (talvez fosse um menino). A mulher era gorda, o cabelo alisado e seboso, mas tudo parecia limpo. Na hora, foi até rápido. Depois vieram as cólicas e o sangramento. A mulher falou que podia acontecer. Ele mandou mensagem dizendo que não tinha dado pra ir e pedindo desculpas, quis saber se eu tinha feito mesmo. “Fiz sim”. Desde então, tenho essa azia.

Vou até a cozinha e busco uma maçã. Com certeza vai melhorar a acidez e calçar o porre que, se tudo der certo, eu vou tomar sozinha. Sento na mesma poltrona. A chuva agora é grossa, rápida e bate na janela com força. Olho de novo pro telefone, tenho cada vez mais certeza, tanto da minha atitude quanto dos riscos que vou correr por causa dela. A vida é curta de qualquer forma. Alguns não chegam nem a nascer.

Minha mãe chega encharcada em casa e pergunta se eu vou sair. Ela sabe, está me vendo toda montada, mas gostar de perguntar. Elogia a maçã e diz algo sobre a importância das frutas. Ela nunca soube do bebê e também não pergunta muito da minha vida.

Chuva na janela, chuva nos carros, chuva. Eu sei da história do Giga com a Manu faz dois meses. Ele mesmo me apresentou pra ela, como se nada. Logo depois os telefonemas e as mensagens começaram a rarear. Ele simplesmente sumia. No começo, fiquei esperando que ele chamasse a filha da puta pra trepar com a gente, mas nem isso. "A vaca é pudica!" — o Dudu disse, rindo pelos cotovelos e fingindo não ter prazer em me ferrar. O Dudu tinha esse sadismo explícito quando cheirava. Abria um meio sorriso e lá vinha bomba!

Ele me apresentou o Giga numa festa da faculdade. Se eu sabia quem ele era? Todo mundo sabia! Ele chegava sempre tardão e reluzia de tão preto, entregando o bagulho de mão em mão e ganhando abraços. O cheiro dele me excitava a metros de distância. Beijou minha mão, o filho da puta, e me levou praquele mocó dele onde o cachorro é rei e comeu uma parte do colchão, até. E ai de mim se eu ousasse falar mal do bicho! Péricles, veja se isso é nome de cachorro. Giga sim. Cachorro.

Mas hoje eu não vou fraquejar, já bati uma siririca pra pensar melhor. Dá uma certa clareza. O celular está apoiado no batente da janela. Ele acende e apaga sozinho: quase meia-noite. Eu ainda gosto dele? Ou não? Mordo a maçã e sinto o embate dentro do meu corpo. Ácido, básico, ácido, básico, ácido.

O Giga fica me observando quando entro no carro e não diz nada. Abro um pouco as pernas pra quebrar a tensão da conversa que tivemos pelo telefone (ou pra fugir do assunto), mas ele só aceita o beijo e dá a partida. O som é alto e não precisamos falar. Começa a tocar um trap com graves quase ensurdecedores. Ele canta: "essa bitch me olhou, ela vai levar pau". Para na porta e diz: vai entrando, gata.

A gente não vem aqui faz tempo porque "onde se ganha o pão não se come carne", mas foi um dos primeiros lugares onde ele me trouxe.

Fico mais vidrada do que o normal, sei lá, pode ter alguma coisa a ver com o PH. As luzes coloridas e o abafado da pista me engolem, a expectativa dá um barato extra. Danço até sentir pequenas gotas de suor descendo pelo meio dos seios. Danço! Danço com quem vier pela frente, danço até ele me pegar, chupar minha nuca e me levar pro canto do *lounge*, do outro lado da pista. A mão dele pesa tanto na minha que caminho um pouco torta. Ele aperta meus ombros com força, me fazendo entrar pela porta giratória. Vou ficar com marca. Já sei.

Tudo igual aqui dentro. Fumaça, sofás, aquele móbile bizarro com umas barbies penduradas e o casal de sempre quase trepando (devem ser contratados da casa, não é possível). O ar parece mais seco e o sofá aveludado, mais nojento. Não quero sentar ali e vamos para o outro lado da sala. Encostamos no balcão e peço uma linha fina, só pra completar. Quero segurar a onda, quero lembrar de tudo em detalhes e fazer tudo como planejado. Ele oferece uma linha também pra DJ que vem entrando. Tem franja igual à mulher da clínica. Ele já comeu essa também, certeza, mas não abro a boca, o som é alto demais e estamos no auge do faz de conta. Ele, eu, ela, todo mundo brilhando e dançando; tudo numa boa. Respiro a fumaça do gelo-seco e a azia volta. Tudo gira, primeiro porque as luzes giram mesmo, depois porque estou revirada. Penso se o enjoo da gravidez seria parecido enquanto ele grita algo no ouvido da mina. Ela ri, puxa a orelha dele, olha pra mim e vai embora, sumindo pela porta giratória. Ele me encosta na parede e começam os trabalhos: aperta minha bunda por cima, depois por baixo da saia, puxa e solta minha calcinha, mete a mão quente e larga por dentro dela, mas não quer me dar prazer. Tira a mão, sobe pela blusa. Fujo da boca dele para respirar um pouco. Ele me pressiona uma, duas, três vezes contra a parede pra eu sentir seu pau bem duro. Começa a tremer daquele jeito dele, e puxa meus mamilos até machucar, e puxa mais forte, e aperta, e eu não grito. Não falo nada dessa vez. Só encaro os feixes de luz roxa e as barbies peladas balançando perto do teto. Lembro da chuva colorida lá fora e penso no que vai acontecer. Abro bem a boca, ergo os braços acima da cabeça, finjo uma dança e no final, vem sim um certo prazer, mas dessa vez não vou gozar, quero estar bem lúcida pra ver os meganhas entrarem no horário combinado. Já já tá tudo resolvido.

E quem está falando de amor?

Se alguém marcou aquele encontro, não foi a Vanessa, muito menos a Marcinha, foi o coisa-ruim que está sempre por trás de todo desamor e toda desonra. "A desonra é uma coisa horrível". Foi assim que o Pastor Elson explicou quando Vanessa o procurou na igreja: uma mocinha grávida de quadril arredondado e seios pontudos em busca de ajuda ou de alguém que cortasse sua cabeça.

Só a Marcinha sabia do bebê; na época elas eram muito próximas. Diante da mãe, Vanessa chorou em silêncio porque o pai da criança dela não era só o pai da criança dela, era o pai de todo mundo. "Eu vou dar o meu jeito, meu bem, vai dar tudo certo" — foi o que o Camaro disse na época. — "Procura o pastor".

E ela achava que estava bem agora. A Daiana tinha acabado de fazer dois anos, tinha comida na mesa da casinha verde que o pastor ajeitou e o Camaro só passava lá para trepar de vez em quando e ver a cara da menina. Dizia "tá linda, parece com tu", e ia embora. O pai de todos ali não era Deus não. Era o Camaro que mandava até no rangido da cama quando eles trepavam. Ninguém ouvia.

O Pastor Elson tinha se amigado com Vanessa e agora ela entendia muito bem como as coisas funcionavam. Elson mantinha um olho nos ex-criminosos e egressos convertidos e em troca Camaro doava para a congregação. "Assim fica bom para todo mundo" — tinha dito ele durante o jantar meses depois de eles terem se juntado. Talvez o Camaro pagasse até o aluguel do salão de culto, mas não dava para saber e Vanessa não quer saber de tudo.

"O coisa-ruim tá por trás até das coincidências", tinha dito o pastor. Tipo: a Marcinha descendo o escadão bem na hora em que Vanessa ia subir.

Vanessa podia ter virado as costas e ido embora. Mas já tinha sido notada. Arrependeu-se de ter pintado o cabelo de azul, resseca os fios e chama a atenção. Ajeitou a saia e a blusa florida para ter certeza de que estava com tudo em cima. Era roupa de crente, mas novinha! Beijinho no ombro. Olhou para o lado direito e agradeceu: ninguém fora do Mercadinho São Jorge, nem o próprio Seu Jorge. Olhou para a esquerda e percebeu o Pirulito tomando conta da biqueira e olhando para ela com o sorriso atrevido de sempre. Olhou para cima e viu Dona Lena na janela lixando as unhas. Ouviu o ruído da lixa e quase pôde enxergar o pó daquelas unhas decrépitas caindo em direção às poças lamacentas da rua. A cada lixada, a Márcia dava mais um passo. Trazia pela mão o filho caçula Zeca, com aqueles cabelos que pelamordedeus a Vanessa tinha certeza dos piolhos. Dava algum tipo de bronca no moleque, por isso demorou para encarar Vanessa de frente.

— Oi, colega — disse a Marcinha emendando um tapinha na bunda do moleque e um "vai pra casa, Zeca" que colocou o filho em movimento.

— Oi, ex-colega — disse a Vanessa. E sentiu inveja da calça de lycra zebrada e da bolsa de trabalho que a Marcinha levava para o centro de depilação Depilúcia, onde as duas tinham trabalhado.

— Sorte sua ter saído da Depilúcia, tá um horror aquilo! A Dona Jacinta cada vez mais desleixada, até gás na cozinha do fundo tá faltando pra gente derreter a cera direito. E a limpeza? Hum! Acredita que a Rosaura foi dispensada e a gente mesma tem que limpar aquilo tudo? Só por Deus!

Vanessa entendia bem a estratégia da outra. O jogo era manter tudo na normalidade, como se fosse ontem o dia em que ela deixou o emprego e levou a Márcia para tomar café com bolo e conhecer a casa onde iria morar com o Pastor. "Larga disso, Vanessa, tu não precisa trabalhar", tinha dito o novo companheiro.

Ajeitou o cabelo sobre o ombro direito e conferiu as pontas fingindo desinteresse até ter coragem de reagir:

— Tu é muito cínica mesmo, hein, Marcinha!

— Eu? Pensa bem antes de falar, minha filha, que eu sei da tua vida muito mais do que tu gostaria.

— Ah, sabe, é?

— Sei sim e foi da tua boca que eu escutei, não foi ninguém que me contou não.

Vanessa conhece bem o jeitão da Márcia. "Melhor atacar do que defender", ela tinha dito uma vez, então Vanessa prosseguiu:

— Tu sabe muito bem como eu vim parar onde eu tô agora, safada! Por isso mesmo eu nunca esperava essa facada nas costas.

— Ah, o Elson? Cê tá falando do Pastor Elson?! — e Márcia soltou uma gargalhada.

A Vanessa sabia bem o que tinha por trás da gargalhada da colega. Era o jeito dela fugir. E quando ela gargalhava, dava para ver o canino faltando e a barriga cada vez maior tremendo, tremendo, apertada demais por cima do shorts de jeans desfiado. Com strass. A Marcinha gosta muito de brilho.

— Você sabe do que eu tô falando. É do Elson, sim. Meu marido.

— Então — e a Márcia chegou bem perto dela, quase colando o rosto no seu — então tu fica bem quieta, tá ligada. Porque eu tô gostando é demais dessa proximidade com o Divino. — E sorriu desprendendo um pouco de bafo na cara da outra.

Vanessa imaginou as próprias mãos apertando o pescoço da Marcinha e as unhas fazendo jorrar a jugular. Viu o riso dela ficando vermelho. Viu o Elson e a Marcinha deitados na cama dela, vermelha. Enxergou tudo de novo pela janela, como tinha acontecido dias antes.

— Eu não acredito que tu foi capaz de fazer isso comigo, Marcinha!

— Sinal que tu não me conhece.

— Depois de tantos anos, a gente convivendo.

— Foi tu que me apresentou pra ele, lembra?

— Burra! Burra!! É isso que eu sou! — e deu um chacoalhão na Marcinha contra a parede chapiscada, só refreado pelos olhares do Seu Jorge que saía para colocar as galinhas do lado de fora do mercado. E tendo dominado a outra, continuou.

— Eu acho melhor tu te afastar. Já fez a tua graça. O Elson e eu, a gente vai muito bem obrigada sem tu por perto.

— E tu acha que ele vai me deixar fugir?! Acorda, Vanessa! Sai desse teu sonho de princesa de Cristo!

E já começava a ir embora quando Vanessa alcançou a frente de seu passo, impedindo o caminho.

Ficaram as duas ali, olho no olho. Vanessa notou que Dona Jacinta tinha parado de lixar as unhas, já não se ouvia o barulho. Escutou a conversa dos moleques da biqueira que tinham saído para sentar nas caixas de madeira do lado de fora e sabiam até a cor da alma de cada fiel da comunidade. O cachorro sarnento do seu Jorge passou correndo e latindo para espirrar água de poça nas canelas das duas, fazendo com que acordassem.

— Tu sabe que é só eu pedir pro Camaro que ele acaba com a tua vida, não sabe, Márcia?

— E que mentira tu ia inventar dessa vez, Vanessa? Hein?! Tu se acha a primeira-dama da comunidade porque tá amigada com o pastor, é isso?! Só que todo mundo sabe porque ele ficou contigo, e não foi amor nem nada. O Camaro pode mandar na vida do pastor, mas na minha ele não manda.

— Ele manda geral aqui, sua louca! Até parece que tu não sabe! — e sem resistir mais, fincou as unhas na gordura do braço direito da Márcia levando a colega para a entrada do Beco da dona Dirce. Falou baixo e bem perto do ouvido da outra — Eu não preciso de ninguém pra me defender, tá entendendo? Eu aprendi muita coisa nesse tempo e você pode ter certeza: nem eu nem a minha filha vamos ficar sem casa, sem comida e sem pai. O Camaro pode ser um sem-vergonha desgraçado, mas ele teve a decência de arranjar minha vida e não é você que vai desarranjar!

— Então tu fica bem quietinha nessa sua vida de crente do cabelo azul e não abre o bico, tá certo? Porque o Olavo meu marido é braço direito do Camaro agora. Ah, tu não sabia? Ele não fala dessas coisas importantes contigo, é? Acorda, Vanessa! Nenhum deles vai botar nem uma grama de pó em risco pra salvar a tua vaidade de mulherzinha, nem a minha! A gente não é nada, mana! NA-DA! Nós tamo fudida, eu e você. O Camaro te pega quando quer, o Pastor sabe de tudo, e decidiu me comer. E pronto. Tudo isso eles acertam na mesa do bar! É jogo aberto! Nós duas é que tamo pagando de idiota, jogando fora a nossa amizade de anos por causa de homem. Olha em volta, olha!! — e Marcinha toma o rosto de Vanessa com força demais, espremendo a mandíbula da amiga para apontá-la na direção dos moleques da biqueira que conversam com a filha da Melissa. — Tá vendo aquela menina ali? Ela tá na mesma que nós duas, só uns anos atrasada. Tá se achando linda, esperando encontrar um grande amor, achando que faz e acontece. Mas isso tudo só vai durar até ela embuchar e ficar presa em casa com um bebê ranhento se esgoelando de fome e ela dependendo do povo do Camaro pro pão e pro leite.

Vanessa ergue os olhos lacrimejantes e encara Márcia de frente. Raiva, dor, o amor dentro da barriga, o Pastor

Elson e Jesus na sacristia, a primeira trepada, a Marcinha e ela no trabalho, a Marcinha e o Elson na cama.

Não consegue falar.

— Vanessa, eu te avisei faz tempo: fica longe do Camaro que dali só sai encrenca. Foi ou não foi?! Tu lembra? Eu sei que tu lembra! A gente ainda ia juntas pro colégio quando ele começou a andar atrás de tu, não foi?

Vanessa assentiu com a cabeça, o que fez as lágrimas rolarem.

— Eu vou ser bem sincera pra tu não vir pagar de valente pra cima de mim. Sabe por que eu tô trepando com o teu marido? Sabe? Porque eu tenho tesão nele!

— E tu ainda fala isso na minha cara, Marcinha?!

— Falo. Falo sim, pra tu acordar e porque quem manda no meu corpo sou eu e quando eu trepo com o Pastor, sabe no que eu penso? Eu penso em Deus. Eu penso que Deus vai vir me buscar, vai me tirar daqui, vai me levar pro outro lado do rio, pra uma casa com varanda e quintal. Eu vejo os meus filhos brincando nesse quintal que até galinha tem, e aí sabe o que acontece?

Vanessa, muda, mantém o olhar fixo na colega.

— Eu gozo. Gozo gostoso e até esqueço que quem tá ali naquela cama é o teu marido cara de xuxu passado. Esqueço da camisa engomadinha dele, esqueço as rezas e esqueço até o bafo do Olavo na minha cama e o esgoto aberto na rua lá de casa. Eu voo com os anjos todos de azul e aquelas cornetas douradas e grito de alegria. Não tenho nem medo de alguém ouvir porque é Deus que tá vindo me buscar.

— Eu nem sei se eu amo o Elson, eu...

— E quem tá falando de amor?

Vanessa se recompõe e esfrega o rosto:

— Eu quero que tu saia da nossa casa e da nossa vida. Eu preciso desse pouco de paz depois de tudo o que eu passei, então sai fora, Marcinha, pelamordedeus, me deixa ficar com o que eu consegui.

— Eu posso prometer de não ir mais na tua casa, se tu fica contente. Mas só isso. E é bom tu lembrar que todo mundo aqui sabe da tua história com o Camaro. Aliás, meu marido outro dia veio me contar que o Pastor Elson, cheio de pose, era corno. Ouviu no bar da boca do próprio Camaro.

— Filho da puta! Filho da puta!... E eu não posso nem negar foda pra ele, Marcinha, tu sabe, tu sabe bem!!

— Sei bem até demais e o meu prazer de colocar chifre no Olavo é maior ainda por causa disso. Ele acha que tá reinando porque tá de gerente do crime agora, mas passa tempo demais fora de casa pra ter certeza. E na minha casa, na minha buceta mando eu. Agora quando o Olavo vem zombar do teu marido, eu dou risada por dentro. E rio também quando ele diz que vai ficar rico trabalhando com o Camaro.

— Ninguém fica rico trabalhando com o Camaro.

— Pois é. Disso a gente já sabe. Mas homem se ilude. E bebe demais. Então eu falo "tomara, meu bem" e sirvo mais uma dose pra ele.

— Tá tudo amarrado, Marcinha, todo mundo preso no mesmo esquema. — Vanessa enxuga uma lágrima.

— Agora tu entendeu, neguinha, num foi? Dói, mas é melhor assim — toma a mão de Vanessa e aplica pequenos tapas no dorso. — Então presta atenção, mana: quando tu estiver com o Camaro, curte o que puder. E com teu marido também, aproveita o que tem de bom. E protege tua filha, porque daqui, Vanessa, só Deus pode tirar a gente.

Condomínio Edifício La Folie des Grandeurs

Salão de Festas, final de tarde.

O trabalho está quase no fim. Marilda usa fones de ouvido, murmura uma canção e dança com a vassoura, batendo aqui e ali com algum excesso de força. Faltam ainda aqueles dois vasos de vidro enormes da entrada (dá até medo de mexer neles). Passa o pano com cuidado e olha bem para ver se não ficou marca de dedo. Pronto. Recolhe a vassoura, a pá e observa o ambiente agora totalmente preparado para a primeira reunião presencial do Condomínio Edifício La Folie des Grandeurs durante a pandemia.

Verifica os detalhes *art noveau* nos espaldares das cadeiras de madeira (sempre muito pó nessas curvinhas, ô inferno). Entra no banheiro e volta com uma pilha de papel-toalha para colocar ao lado do pote de álcool gel (e de álcool *spray* 'porque tem gente que prefere', como disse a Dona Magda).

Tudo perfeito. Aproveita e limpa as mãos e o celular com o álcool, observa as francesinhas das unhas (intactas), tira o avental, ajeita a regata zebrada, senta no sofá cruzando as pernas e ajeita as tranças para tirar uma *selfie* caprichada, que envia para o bofe. Agora só falta gravar a mensagem para a primeira-dama.

Dona Magda, tudo pronto aqui embaixo, viu? Já deixei até o lugar pro computador. Peguei a térmica com a Tereza aí de tarde. Já tá lavada aqui também.

Olha, aquela máquina de projetar na parede eu não vou mexer não. A senhora fala pro Gabriel que não vou nem tocar naquela malinha. Mas já tirei o pó dela, viu? Tá tudo certo.

Finaliza, envia, levanta e dá pequenas batidas na malinha do projetor para tirar o pó. Coloca no bolso a máscara também zebrada que tinha ficado sobre o *buffet.*

Ouve-se um plim. Marilda volta a gravar.

Hoje não posso não, Dona Magda. Meu noivo vem me buscar de moto pra mim não ter que pegar transporte público que a coisa tá feia.

Plim, e ela novamente responde.

Já lavei as xicrinhas também, sim.

Olha, e traz pó de café e filtro que tá um deserto aqui embaixo, só por Deus! Nem barata. Amanhã podexá que eu dou um jeito no que sobrar. Fui!

A noite cai sobre os móveis afrancesados do La Folie des Grandeurs e ouvimos o clic do sensor de presença no hall do elevador. O primeiro a chegar é o subsíndico Gabriel. Entra no salão de festas, coloca o computador no espaço deixado para a máquina, instala o projetor e testa na parede branca um vídeo de *kite surf* onde vemos o próprio em ação. A tela se move em várias direções, retângulos, trapézios, até que ele acerta o tamanho e o foco. Gabriel é baixo, atarracado, bronzeado e veste camisa polo azul-turquesa.

Passa os dedos sobre o *buffet* Luiz XV que ladeia a mesa de jantar, depois nos recortes do espaldar das cadeiras de madeira, testa o álcool gel, passa nas mãos, ajeita a máscara e está nessa missão de checagem quando entra Dona Magda, uma senhora baixinha e maquiada, cabelos aloirados e bem escovados.

— Tudo pronto, Gabriel? Já instalou o computador e o projetor?

Gabriel, visivelmente irritado com o ar de mando da esposa do síndico, responde.

— Claro, isso é muito simples de fazer.

Magda some na cozinha e começa a preparar o café enquanto Gabriel separa as cadeiras da mesa de jantar e completa com as cadeiras de plástico empilhadas no fundo da sala para criar o cenário que vai garantir a boa visibilidade e o distanciamento social entre os condôminos. O arranjo acaba ocupando quase um quarto do salão. O subsíndico está satisfeito com seu trabalho.

Dona Magda retorna com a térmica de café e as xícaras.

— E nem adianta botar defeito na faxina da Marilda porque não tem. Ou, se tiver, só eu consigo ver. — Faz uma parada pensativa e volta para a cozinha, de onde retorna sem as xícaras de louça, agora substituídas por uma fileira de copos pequenos de plástico, para desgosto da advogada Maiara do 161 que vai deixar bem claro seu repúdio ecológico ao entrar. Ela é uma das primeiras. Os condôminos vão chegando, todos de máscara, e Gabriel indica os lugares no salão, enfatizando a importância da arquitetura de distanciamento.

Maura Gomes, do 22, acabou de comprar o apartamento.

Juliana é filha do Seu Celso do 122 e veio representá-lo. Ele é grupo de risco e não vai descer.

Seu Marcelo, do 82, é um dos condôminos mais antigos.

Júlio Matos, do 71, proprietário há dez anos, é grande demais para as cadeiras disponíveis e acaba escolhendo o sofá esquerdo, onde se recosta num ahhh....

São quase 20 pessoas na sala. O La Folie tem 20 andares, com 2 apartamentos cada, o que significa que metade dos condôminos não compareceu ou não se dispôs a entrar via videoconferência. (Um convite que, na avaliação de Seu Lauro, o síndico, foi enviado tarde demais por Gabriel, o sub).

Dona Magda faz mentalmente as contas. Eles terão que esperar até as 20h30, horário limite para o quórum, e só depois poderão iniciar a tão aguardada votação pelo fechamento da piscina.

Gabriel liga o computador e projeta na parede a imagem gigantesca de Seu Lauro: careca, abatido e com os cabelos bem aprumados ao lado das orelhas, o síndico faz um sinal de boa noite. É a primeira vez que todos o veem desde que foi liberado da UTI do Hospital Sírio Libanês, há meros cinco dias, num ressurgimento triunfal bem a tempo de defender o fechamento da piscina que vai garantir o fim definitivo dos vazamentos na garagem.

A imagem do Seu Lauro faz pequenos tchaus mudos e pálidos na parede, diversos condôminos o cumprimentam e o saúdam. Seu microfone está desligado, de forma que todos apenas assistem aos movimentos labiais e acenos enquanto Gabriel tenta avisá-lo. Segue um tutorial rápido de como ligar o som e pronto:

— Estão me ouvindo agora? Estão?

— Sim, sim! — respondem vários dos presentes fazendo também sinais de joinha.

— Então agora sim, boa noite a todos.

Seu Marcelo, do 82, é o primeiro a falar.

— Vaso ruim não quebra, hein?

— Pois é, a Magda que o diga. Foram verdadeiras vigílias, mas a mulher tem santo forte e o danado do vírus me largou.

Diversos condôminos sorriem com os olhos e se voltam para Dona Magda, que reúne as mãos em prece e olha para o céu agradecendo pela saúde do marido. Este também sorri na parede, apesar do rosto encovado. Limpa a garganta e pede a atenção de todos.

— Caros, como sabem ainda estou me recuperando. Hoje, o Gabriel vai cuidar das pautas ordinárias, obrigado, Gabriel. Temos uma pendência no pagamento do 13º e nas rescisões dos funcionários e também um problema com a empresa que está fazendo a manutenção das escadarias exigida pelos bombeiros. Mas hoje o assunto principal, como todos sabem, é o fechamento da piscina. Pelo vulto do investimento necessário, fomos forçados a fazer a reunião presencial, ou corríamos o risco de desrespeitar o estatuto do condomínio. Espero que não seja um grande incômodo para os presentes.

— De forma alguma — responde Júlio Matos —, estamos cumprindo todos os protocolos.

— Pois muito bem — continua o síndico. — A Magda vai passar para vocês o laudo do engenheiro Christian. Ele comprova a origem do vazamento sobre as garagens do 51 e do 62 que gerou todo o transtorno e a realocação de vagas no primeiro subsolo.

Magda abre a pastinha amarela que aguardava sobre o *buffet* e distribui o laudo.

Não vou me alongar nos argumentos. Como sabemos, a piscina é usada com baixíssima frequência no nosso condomínio e a reforma estoura em mais de 120 mil reais o nosso fundo de obras. E gostaria de lembrar também que precisaremos realocar parte desse fundo para o pagamento de funcionários. Tivemos algumas rescisões importantes durante a pandemia.

Faz-se um certo silêncio enquanto os presentes leem partes do documento entregue por Dona Magda. Ouvimos Gabriel se reacomodar algumas vezes na cadeira de plástico colocada ao lado do computador. Comprou o apartamento no La Folie há um par de anos e não pretende perder a piscina. De jeito nenhum. Muito menos agora que sua mulher está grávida. Já pode visualizar o bebê se divertindo na água fresca do rasinho.

Ele se inclina e se aproxima da tela, virando para si o laptop.

— Seu Lauro, se o senhor me permite, eu gostaria de contra-argumentar. Para pessoas como eu, a Maura do 22, a Carla Cristina, do 31, e o Senhor Cheng, do 171 e 172; enfim, para todos nós, a piscina é essencial na valorização do imóvel. Além disso, o projeto de reforma prevê a construção da área infantil que vai melhorar muito o uso da piscina.

Maura assente e o mesmo fazem mais três dos presentes, incluindo a secretária do Senhor Cheng.

Magda fica visivelmente irritada com o *lobby* preparado na surdina e ajeita ruidosamente os castiçais de prata sobre o *buffet*, depois segue para a cozinha a pedido de Julia Lemos, do 12. Gabriel a ignora e prossegue:

— Inclusive eu trouxe aqui o projeto da nova área da piscina, feito pela arquiteta Mariana Baumgarten e já pago pelo condomínio, caso tenham esquecido da proposta. — Gabriel compartilha na tela o projeto da nova piscina, o que reduz o síndico Lauro a um pequeno quadrado na parede branca, agora dominada pelo 3D espetacular da arquiteta Mariana. — Como veem, é uma bela proposta e só acrescenta ao projeto original do edifício, que é do arquiteto Francis Ruben, como todos sabem.

Dona Magda volta da cozinha com a térmica consertada, seguida por Julia do 12 com cara de incompetente, enquanto alguns dos apoiadores de Gabriel se manifestam sobre a beleza do projeto.

— O Senhor Cheng é a favor, já encaminhei o projeto e ele gostou muito. — Coloca a secretária.

— Vai ser ótimo para as crianças. — Concorda Maura do 22.

Mas Dona Magda não deixa a sessão de aplausos prosseguir.

— Olha, Gabriel, você vai ter que explicar tudo isso de novo, viu? Sinto muito. Há muitas discordâncias sobre este projeto.

Sara do 141 se irrita.

— Discordâncias? Como assim, Dona Magda?? Foram três reuniões antes da pandemia com a própria arquiteta, a comissão de obras trabalhou muito nisso e a gente já pagou o projeto! Esse condomínio é uma zona mesmo! — Fica em pé e bate nas próprias coxas com ambas as mãos, levantando para caminhar pela sala.

Ouve-se o ranger das cadeiras (tanto as *art noveau* como as de plástico). Todo mundo sabe que pelo menos Dona Eliza, Dona Márcia, a Verinha do 151 e a própria Dona Magda vivem de renda e tiveram que cortar seus gastos pela metade desde a redução obrigatória dos aluguéis decretada pelo governo no começo da pandemia. Elas esperam que Magda defenda seus interesses e olham para a primeira-dama, que está neste momento ocupada tentando desligar os sinais de seu *WhatsApp* que plimpa e plimpa sem parar.

— Desculpem, desculpem. Pronto.

Recuperada, Magda contra-ataca.

— Olha aqui, Dona Sara, zona só se for na sua casa. A senhora não está entendendo que vivemos um momento excepcional?

— É claro que estou! Por isso mesmo não faz sentido perder tempo alterando decisões que já tinham sido tomadas, com quórum e tudo. Ainda mais nos fazendo correr riscos com esta aglomeração.

— Epa! — retruca Gabriel. — Aglomeração não, que nós tivemos o maior cuidado com os protocolos!

— Ah, dai-me paciência! — Retoma Sara voltando a sentar.

— Vamos acalmar os ânimos e ouvir o síndico, que tal? — Pede Júlio Matos.

— Isso mesmo — reforça Seu Marcelo. — Quero entender melhor o que o Lauro pensa sobre tudo isso.

— Claro, claro — diz Gabriel enquanto mexe e remexe no computador até parar de compartilhar a tela e devolver ao síndico Lauro seu tamanho colossal. Com voz.

— Caros, o momento é delicado. A renda de muitos dos condôminos foi reduzida. Não há qualquer chance dessa obra ser aprovada.

— Nem se for questão de segurança, Seu Lauro? — Provoca Gabriel com ares de novidade.

Novo geme-geme de cadeiras e Verônica do 62 toma a palavra:

— Como assim questão de segurança, Gabriel?!

— Isso mesmo. Há um problema na estrutura do prédio, gerado pelo vazamento da piscina. Não adianta tapar o sol com a peneira. Temos que reformar o quanto antes.

— Pelo valor que foi orçado vai ficar muito pesado para todo mundo. É inviável. Inviável!! — Coloca Dona Eliza que logo reposiciona sua cadeira para falar em particular com as demais rentistas sentadas ao seu lado, numa rápida tentativa de conchavo.

A secretária do Senhor Cheng aproveita para puxar Gabriel de lado e enfatizar sua surpresa com o andamento indesejado da reunião. Do outro lado da sala, Verinha e Juliana se desentendem sobre a frequência com que a piscina tem sido usada. "Eu uso sempre!" — coloca Juliana. "Sempre quando, garota? Fala a verdade!".

— Amigos! Mantenhamos a calma! — Tenta Júlio Matos no mesmo momento em que, como se fosse um martelo de tribunal, o tão criticado 'interfone alto demais' começa a tocar repetidamente.

Juliana sinaliza um 'pode deixar que eu atendo' e se dirige ao corredor da cozinha onde fica o aparelho. Gabriel projeta na parede o laudo do engenheiro William sobre o dano estrutural com alguns trechos grifados (num certo efeito GloboNews) e reduz novamente o síndico Lauro a ínfimas proporções. Vemos ao fundo Juliana escutando, Juliana virando de costas, vemos as costas tatuadas de Juliana, vemos sua testa apoiada na parede.

Mal Gabriel começa a ler, ela volta, caminhando muito devagar. Para na área projetada da parede com o rosto transtornado e os braços pendendo ao lado do corpo. As palavras do laudo ficam desenhadas em relevo sobre seu corpo: risco eminente, estrutura, trincas.

Permanece em silêncio com o olhar perdido até Magda ordenar que fale logo.

— Gente... gente.... Era o zelador Joelson no interfone. A Marilda faxineira. Ela sofreu um acidente de moto horrível com o noivo. Na Marginal.

— Com assim?! — Magda vai até Juliana e força que se sente na *chaise longue* desconfortável e por isso ainda vazia. Toma Juliana pelos ombros e questiona:

— Fala direito, menina!

— A Marilda, Dona Magda. Ela morreu.

Dona Magda arregala os olhos. Cobre o rosto com as mãos, os cotovelos agora apoiados nos joelhos.

Depois, como se acordasse, ergue a cabeça e percorre com um olhar lívido, os cantos vazios da sala.

— Meu Deus, meu Deus! Eu pedi para ela ficar até mais tarde pra ajudar, meu Deus! — E começa a dizer "meu Deus" cada vez mais alto, respira e respira cada vez mais forte até ter dificuldade de encher os pulmões. Começa a tossir. Tosse muito!

Verinha toma uma revista Casa & Jardim da mesinha lateral e abana a síndica. Seu Milton se apressa em buscar água na cozinha, mas não acha os copos. Juliana corre para ajudar. Gabriel não sabe o que fazer com Seu Lauro dentro do computador, mas por educação decide não desligar o homem e o deixa sobre a estante observando tudo.

Dona Magda, agora agarrada a uma almofada, começa a ter um ataque de algo que pode ser asma, ansiedade ou... consequência de ter frequentado tanto o hospital ultimamente. Seu Marcelo vai chamar a ambulância. Alguns condôminos têm o ímpeto de se aproximar de Dona Magda, mas logo recuam. A maioria, com receio, retira-se da sala para observar a cena através da parede envidraçada que dá para o jardim. Dona Eliza, já no hall do elevador, aperta o botão e comenta com Carla Cristina, do 31:

— Pode subir junto comigo dessa vez, minha filha. Parece que o maior risco todos nós já corremos.

No térreo, o porteiro Guilhermino e o zelador Joelson choram a morte de Marilda.

Até os serviçais têm bunda

Adivinhou o conteúdo antes mesmo de abrir o e-mail. E quase riu ao se lembrar da inocência arrogante daqueles paulistas entrando com seus carros importados, agradecidos pelo isolamento à beira-mar que faria valer a grana suada das horas paradas no trânsito. Ela mesma os tinha recebido a pedido da amiga Laura, dona do lugar. Com a caseira de férias, a edícula ficaria disponível para Camila mergulhar na tese de doutorado. "Você curte, escreve, recebe os paulistas e olha a casa pra mim."

O médico começava a correspondência conforme o previsto: "Querida Camila, mil desculpas".

Quando os paulistas chegaram, ela abriu o portão e apresentou a casa toda. O Doutor Almeida ia à frente com seus shorts cáqui, seus olhos verdes e a camisa branca aberta deixando aparecer o peito grisalho e malhado de academia. Logo atrás vinham a esposa, Cilene, usando um grande chapéu de palha tingido de amarelo, o cunhado Jurandir (um perdedor, o Almeida lhe diria em segredo), a cunhada Carla, uma mulher muito alta (e "sempre no mundo da lua", segundo diagnóstico do doutor), e finalmente o casal Lorenzo e Kétila (esse era o nome da garota de vinte e poucos anos com quem o cirurgião italiano tinha se casado).

Só no final da visita, quando mostrava como abrir a janela do último quarto, Camila percebeu a posição que ocuparia naquele cenário de férias. O Doutor Almeida comemorou a vista deslumbrante exclamando "*finally disconnected*!" e exibiu seu sorriso branquíssimo na direção de Camila, fazendo questão de ser educado e lhe explicar o que era *disconnected*, como se ela não tivesse a menor pista da língua inglesa. Camila segurou o riso irônico, lembrando dos textos de antropologia em inglês e espanhol sobre a mesa de trabalho montada na edícula e compreendeu que na bolha de perfeito isolamento "casa de praia de frente para o mar" estava destinado a ela o papel de empregada. Foi ato contínuo: o doutor definiu Camila com a mesma naturalidade com que admirou a vista que já tinha observado no álbum de fotos, e ela manteve a expressão neutra treinada desde os tempos em que frequentara a escola particular do bairro junto com Laura. Por alguns segundos, permaneceu estática junto à janela até conseguir encerrar seu tutorial: agora vocês já sabem tudo o que precisam saber, ou quase tudo. Sorriu educadamente e desobstruiu a vista para que os paulistas admirassem as rochas e a areia branca da Praia do Kalifa.

Logo na segunda linha, Almeida explicou como soube do engano. Quando o doutor ligou para agradecer Laura pela hospedagem, a dona da casa fez questão de perguntar se eles tinham ouvido as histórias dos povos originários da região. "A Camila conta histórias e acende fogueiras como ninguém! Ela mencionou o tema da tese de doutorado?".

De fato, foi ela quem acendeu a fogueira no primeiro sábado. "Lua nova combina com fogueira, não acha, Camila?" Era sempre o Doutor Almeida quem liderava as iniciativas e ela concordou. Acendeu com gosto. Colocou-se de cócoras e manuseou com habilidade a lenha comprada por Cilene e os gravetos recolhidos no jardim com a ajuda de Kétila. Não foi convidada para ficar e não sentiu falta alguma. O céu da Praia do Kalifa estava forrado de estrelas e Camila se esticou numa cadeira de praia no jardim dos fundos para tomar sua própria cerveja. As lanternas dos celulares dos paulistas, acesas para evitar as marias-farinhas furtivas entre a área da fogueira e a casa principal, atrapalhavam um pouco, mas o pior, na verdade, eram os gritinhos da esposa do doutor, ainda mais agudos depois da bebida.

Para acabar com aquilo, Camila sugeriu espalhar pelo caminho as tochas que estavam no fundo da garagem. Almeida se dispôs a ajudar e, no lusco-fusco abafado pelas telhas de zinco, encontrou diversas oportunidades para roçar em Camila: ao se oferecer para levar a cavadeira, ao ajeitar as tochas em um feixe, ao indicar que a lata de querosene perdida estava bem ali, pertinho do ombro dela, "pode deixar, eu levo". Depois, com o assentimento dos outros dois homens da casa, definiu o local de cada tocha, confirmando sua posição de liderança.

Oftalmologista renomadíssimo, o Dr. Almeida passava as tardes a vinho branco e batidas de frutas que ela lhe ensinou a preparar no terceiro dia, logo depois de ajudá-lo a encontrar os utensílios de churrasco. Ele agradeceu o drink dizendo: "Sabíamos que seria bom ter alguém para ajudar, mas eu nunca imaginei que seria uma pessoa com tantas qualidades". E piscou. Já no segundo dia ela tinha esclarecido: não ia cozinhar nem limpar, mas poderia dar pequenos apoios aqui e ali. Conhecia todos os macetes da casa. Para o resto, eles poderiam contar com o jardineiro e a esposa dele, que fazia uma ótima faxina e até entregava comida pronta.

Observava os paulistas como uma tribo. As mulheres com seus chapéus e cangas combinando, exibiam umas para as outras os óculos importados, formando uma pequena e restrita plateia para seus próprios usos e costumes. Faziam exercício juntas, caminhavam toda a extensão da praia umas cinco vezes por dia e passavam longas horas comparando suas redes sociais. Os homens formavam um grupo na maior parte do tempo separado. Ocupavam-se de beber, tomar sol e levantar pesos que eles mesmos tinham trazido, numa competição velada e de resultado certo em que o Dr. Almeida sempre vencia e terminava dando pequenos tapinhas nas costas dos outros dois. Trouxeram pranchas que adornaram o terraço, mas pouco surfaram, talvez porque o único surfista de fato fosse Lorenzo, que fazia de tudo para não representar qualquer ameaça ao poder do Doutor Almeida.

"Camila, se eu soubesse quem você era...": e seguia com as lamúrias de um homem decente e compassivo induzido involuntariamente a um grande erro; como se não saber a posição social dela justificasse ele entrar na edícula daquela forma e encoxá-la na pia. E ele agiu assim por ela ser negra, para Camila era óbvio. Mas naquele momento, a curiosidade (e até o prazer) substituíram a raiva. Ela resolveu entrar em modo "pesquisa de campo", desfrutar e entender até onde aquilo podia ir. Passou a atender os pedidos feitos pelos hóspedes com a máxima lentidão, algo que poderia ser interpretado como insolência e ela sabia (afinal, não são assim os criados?).

No dia em que fingiu não saber onde estavam os guarda-sóis novos prometidos pela Laura, Cilene se irritou. Camila assistiu de longe aos gestos enérgicos da esposa do doutor ao debater com as amigas a intervenção a ser feita, mas foi Kétila, com sua fala generosa de pessoa que "viveu a vida como ela é" a encarregada de tentar "dar um toque" de que aquilo "não estava pegando bem" e insinuar que Camila podia inclusive perder o emprego de caseira. Justo a Kétila.

A esposa também pede desculpas, diz o e-mail do doutor.

Camila se lembra da mulher toda besuntada de protetor solar, sempre às voltas com algum livro de autoajuda, fotografando trechos para postar nas redes ou lendo pensamentos profundos em voz alta para os convivas bêbados que não conseguiam imaginar qualquer propósito de vida além do fator de proteção 30.

Fez muito sol naquele período, os paulistas deram sorte. Dava uma certa raiva ficar estudando, mas ela tinha prazos a cumprir. Mesmo assim, permitia-se um bom banho de mar antes do almoço. De biquíni, claro, por que não?! Até os serviçais têm bunda! E ela se divertia em verificar as reações dos hóspedes à sua suposta ousadia, ao tamanho do biquíni, ao fato dela nadar muito bem, talvez bem demais para uma criada. Esperava o momento em que iam pedir sua cabeça à amiga Laura, já que não eram capazes de deixar de lado a necessidade de preencher, com a pessoa que estivesse à mão, um papel tão essencial ao "conforto ontológico" de sua branquitude. Se fosse uma mulher negra, mais fácil, e se ainda por cima ela fosse insolente, seria a confirmação de que "anda muito difícil achar funcionários de qualidade".

Pensa por um momento na origem da palavra "criada" e imagina todas as meninas negras que cresceram trabalhando para famílias como a do Doutor Almeida. Pensa na palavra funcionário e fica satisfeita por ter sido suficientemente disfuncional. Volta ao e-mail. Os arremates são sempre a melhor parte. O homem relatando os vários motivos que geraram aquele terrível engano: a forma como ela os recebeu, tão solícita, as ajudas, o modo como ela sabia acender a fogueira... No subtexto, ficava claro, a culpa pelo erro infeliz era da própria Camila! Afinal, ela deveria ter apresentado o mais rápido possível suas credenciais de amiga da Laura, doutoranda, dona de um *laptop* e o que mais houvesse para afastar a primeira impressão que sua cor carregava; assunto, aliás, jamais mencionado pelo doutor.

Almeida reforçava que já tinha se desculpado com Laura, que a Laura só alugava para gente conhecida e que tinha sido um absurdo aquilo tudo. "Por que não nos avisou, Camila?"

Terminava pedindo sigilo absoluto e dizendo que seria um prazer vê-la novamente.

Camila fecha o computador num clic e seus dedos ficam alguns segundos desmaiados sobre a tampa escura, sentindo o calor intenso do sol. Precisa de um mergulho. Coloca a máquina na sombra e ajeita os resumos sob o livro de Mbembe para não voarem. Caminha até a beira, as primeiras ondas lambem seus pés, os dedos miúdos somem na areia e um certo tremor toma conta de seu corpo. Os lábios se contorcem involuntariamente. Ela sabe que precisa fechar os olhos e tentar dissolver as lembranças daqueles dias antes que se enredem em seu passado e se tornem densas demais, mas é tarde. No escuro voluntário dos olhos, se projeta a imagem de Mbembe que Camila leu há pouco: o negro se arremessando repetidamente contra uma parede sem porta, exigindo a abertura de uma fenda que seja! O negro suplicando, acreditando que um vão inexistente acabará por se abrir! Mas isso não acontece. Ninguém sequer o vê e ele cai exausto sobre a calçada, permitindo que os brancos se entretenham com a vista sem terem que contornar seu corpo.

A janela do último quarto se projeta diante de Camila e ela avança o mais rápido que consegue para furar a espuma da próxima onda, sentindo o choque da água fria lavar a memória. Ensaia algumas braçadas em direção ao horizonte e identifica mais uma premissa sórdida na carta do Doutor Almeida: a de que tomá-la por caseira ou empregada teria sido uma ofensa terrível, como se aquela profissão fosse motivo de vergonha. Lembra da mãe, que tinha trabalhado para a família da Laura por quase vinte anos; lembra da conversa de mães e filhas a respeito da importância dos estudos na mesinha da copa, as duas meninas com cara de enfado escutando e se cutucando por baixo da mesa. Lembra de quando o pai da Laura foi embora e de como a amiga soluçou em seus braços. Rememora o desconforto de ser ao mesmo tempo convidada e ajudante da mãe nas festas de aniversário. Volta-se na direção da praia e observa a moradia dos caseiros quase escondida atrás da casa principal. Talvez fosse bom ficar ali na Praia do Kalifa, estudando, tomando sol, nadando e entregando seus artigos. O emprego de caseira não seria assim tão ruim. Afinal, ela só teria que olhar a casa e receber os convidados por um tempo. Mas Camila não consegue. É-lhe fisicamente impossível desejar isso. É mais abjeto do que se deitar com um homem branco de meia-idade que mal conhece e, sendo assim, ela precisa admitir que também faz parte do mundo dividido do Dr. Almeida, de um lado os donos de títulos, do outro aqueles que podem desaparecer rumo à casa dos fundos depois de lavar a louça. A memória de sua mãe colada à pia da casa da frente se atualiza a cada onda que se quebra em seu corpo. "Pode ir brincar, filha, já estou terminando".

Camila não é a empregada e enganou o renomado oftalmologista, mas a satisfação é amarga e tudo parece pequeno: ela, o doutor, o olhar de compaixão classe média da Kétila.

O peito aperta, o mar embala Camila para lá e para cá, o horizonte é líquido e dança.

E por que ela transou com ele? Foi gostoso e oportuno. Com sorte, ela ia passar um bom tempo isolada no Kalifa, sem qualquer homem num raio de quilômetros. Mas havia também um poder obscuro. Ela violou a tumba, roubou aquele homem e desfrutou dele, meteu-lhe as unhas e alguns tapas. Ele gostou e quis mais! Movia-se na convicção de que os contornos do mundo eram dados pelo seu próprio desejo e não percebeu em que tipo de animal Camila se transformava. Estava escuro. Ele apenas tremia e sussurrava entre os dentes: minha morenagostosa!

No dia seguinte, Camila pôde verificar se algum dos hóspedes ou pelo menos a esposa notaria as sequelas do sexo. Mas nada aconteceu.

Mais um mergulho, o ronco, o abraço das bolhas. Camila começa a sair do mar sentindo os golpes das ondas nas coxas e nas panturrilhas; o sol forte faz seu corpo brilhar enquanto caminha de volta para a casa principal. Recolhe uma cerveja deixada pelos hóspedes na geladeira, coloca a espreguiçadeira no sol e pega o celular da mesinha sombreada. Que ideia foi aquela de mandar *nudes*, Doutor Almeida? O rosto não aparecia direito, mas se Dona Cilene fosse minimamente esperta, saberia de quem era a “ferramenta”. E exatamente essa a legenda da foto: “obrigada por me ajudar a achar a caixa de ferramentas”.

Camila poderia contar tudo à Laura, à Cilene, poderia publicar os *nudes* nas redes sociais (que imprudência, doutor), ou só torturá-lo com a possibilidade de fazer cada uma das anteriores. Poderia também deletar todas as mensagens e esquecer o episódio, presenteando o Doutor com um silêncio retumbante e vitorioso. Mas não sabe ainda qual o melhor desfecho (nem se há qualquer vitória), então não faz nada. Não há pressa, ela está finalmente sozinha na casa principal. Vai aproveitar o sol para derreter o excesso de pensamentos e saborear sua cerveja gelada. Está tudo nas mãos dela.

Sobrou lá em casa

Acordou toda invertida, mas ótima. A ressaca era quase só moral. Não podia acreditar na própria coragem, mas ah... o negão da portaria era demais! Então foi lá e bebeu antes. Claro que escovou os dentes pra não dar bandeira. Naquele dia os cabelos estavam bem ajeitados. Era coisa de sorte, simplesmente acordou assim. Desceu pelo elevador de serviço que saía mais perto. Ela já sabia que ele gostava de bolo de laranja, de chocolate... Ele gostava praticamente de tudo que ela fazia e dessa vez era um bolo mármore.

Demorava. Quem mandou morar no 17. Pior é que ali não tinha espelho.

E não foi como ela tinha sonhado, não. Foi mesmo na brutalidade. Dona Cândida lhe entregou o bolo, esperou ele agradecer com beijinho, e tchum! Aí nem cabelo nem nada, nem bolo, que foi parar no chão. Beijou mesmo!

E assim começou a briga dela com a Joice da segurança; porque ela não sabia da história da Joice com o Josinaldo e muito menos das novas câmeras, instaladas junto com o sistema de porteiro eletrônico. Ela odiava aquelas modernidades. Porteiro tinha que ser de verdade! E ela agarrou na lata, sem saber que na sala de segurança a Joice e o encarregado Marcos (logo aquele moço que ela conhecia desde que o marido era vivo) assistiam a tudo.

O Josinaldo ficou sem graça e tal, mas pelo menos a gastura dela passou.

Estava a caminho da farmácia quando veio a surpresa. Chegou a cumprimentar a Joice com o olhar, mas para que a educação? Lá de dentro da padaria a Joice começou.

— A senhora!!! A senhora, hein, Dona Cândida?!!

Ela olhou de volta, por que não? Acenou e seguiu o seu caminho.

— Isso!! Faz cara de inocente, de boazinha, faz! — gritou a moça já avançando em direção à rua — essa senhora aí, tá vendo pessoal? Ela atacou meu noivo! É isso aí, a Dona Cândida faz cara de certinha, mas ela gosta é de negão!!

Não adiantou nada Cândida olhar na direção do chapeiro Agnaldo, nenhum socorro viria dele (ia lembrar disso antes de dar gorjeta de novo). E como ela sabe que a Joice tinha bebido? Ela tem certeza de ter sentido o bafo quando a moça lhe meteu a mão na cara.

No caminho de volta, escondendo o rosto ao passar pela portaria, se lembrou do ovo de Páscoa que comprava pra Joice todo ano. Ia na salinha da segurança do condomínio e dava pessoalmente, não era de mandar entregar não. Uma pena. Parecia uma moça tão boa e no fundo era destemperada. Uma pessoa assim jamais deveria trabalhar na segurança do condomínio. Melhor avisar logo o síndico.

O último macho hétero

Ele não se apresentou de primeira como "o último macho hétero". Usou o nome de batismo mesmo, como qualquer homem ordinário: Felipe. A conversa virtual girou em torno dos amigos em comum identificados pelo app. A Martina, de onde você conhece? E o Milton? Ah, é amigo de faculdade; algumas outras informações protocolares e, é claro, elogios mútuos com algum nível de sacanagem. Você faz o quê? Ah, eu sou advogada. E você? Estudei cinema na mesma turma do Miltinho, mas hoje trabalho com cachorros. Nossa! Sério?

Felipe foi buscar Verônica no aeroporto porque ela voltava do Rio de Janeiro naquela noite depois de um par de reuniões. Ela achou a oferta simpática e aceitou, de forma que o primeiro encontro deles foi uma espécie de cena precoce de filme romântico: ela descendo as escadarias de mármore do saguão *art déco* do aeroporto de Congonhas com aquele quadril em lás e cás arredondados, os corrimões dourados, o salto alto do sapato dela sobre o piso-tabuleiro-de-xadrez, o primeiro aceno de longe e o abraço longo e apertado demais, não por saudades, mas porque Felipe fazia questão de explorar o corpo dela o mais rápido possível. Era um prenúncio do que aconteceria na saída do bar para onde foram em seguida, quando ele tomou a mão dela e fez com que sentisse o tamanho do pau que a aguardava.

Verônica teve uma fração de segundo para decidir se saía correndo ou aceitava o presente do acaso e continuava dando trela ao fulano que, mesmo tendo nome de príncipe, em nada se parecia com um. O carro com o porta-malas amassado, os furos no estofamento causados pelos cachorros, a camiseta surrada, o tênis *all star* velho. Mas... tinha também aquele sorriso, a gentileza e o tesão acumulado desde o término com o ex, há quatro meses.

Não foi naquele dia. Ela não conseguiu frear a reação instintiva de tirar a mão dali e dar uma breve sacudida depois de um reconhecimento suficiente, como se precisasse apagar a impressão deixada pelo tamanho do membro que se anunciava sob a calça jeans. Estava cansada (para não dizer um pouco assustada). Não foi desculpa.

O segundo encontro ela marcou numa praça, contando com a luz do dia para revelar melhor o fulano e seus predicados. Avaliou de longe enquanto Felipe jogava bolinhas para o cachorro: parecia mais jovem do que os 47 anos anunciados no app, as pernas fortes e as mãos largas (porque tinha jogado basquete na adolescência, como ela viria a saber). Nos braços, a marca claro/escuro mostrava o limite entre a camiseta e o bronzeado deixado pelos dias ao ar livre. O cachorro dele, um *border collie* malhado de caramelo com um olho de cada cor, chamava-se Tarantino, "um dos diretores mais foda do mundo!", ele disse com certo esforço enquanto tentava atirar a bolinha o mais distante possível, criando o lapso de tempo em que era possível beijar Verônica sem a presença do cachorro e seu olhar suplicante; a língua de fora e a bolinha colocada entre as duas patas dianteiras, à espera de um novo arremesso. A energia do bicho parecia infinita e Felipe se divertia enquanto contava como tinha desistido de se sacrificar no mundo da produção de cinema. Ele gostava mesmo era de cachorros.

Deu tempo de Verônica mapear cada detalhe: o sorriso, o abraço forte, o cheiro do pescoço. Era tudo verdade e seguiram para a casa dele a umas três quadras de distância. Ele apoiou a própria mochila num banquinho roído, pendurou a guia do cachorro em um prego ao lado da porta de entrada e prendeu Tarantino no fundo do quintal. Os uivos de protesto do bicho pareciam acompanhar os movimentos do sexo. Riram. Quando gozaram, o cachorro também fez silêncio e Felipe comentou que essa era uma coisa que amava nos cachorros: eles parecem saber o que a gente sente.

Foi depois dessa primeira transa que ele se apresentou como último macho hétero: você deve aproveitar, gata, porque eu sou o último macho hétero, e o último deste tamanho. Verônica estava saciada e até achou graça da piada. Sob efeito de algumas cervejas e um certo encantamento, achou bem lindo ele ter largado tudo para cuidar dos animais. Só depois, conforme o corpo foi se acalmando, ela se deu conta dos pressupostos embutidos na fala de Felipe:

a) ele era absolutamente irresistível;

b) ela não tinha opção senão trepar com ele, como se fosse um tipo de última chance de ver de perto as baleias jubarte; e

c) ela deveria aceitar quaisquer condições incluídas no passeio.

Observou a casa onde estava: até o colchão tinha furos e marcas das mordidas de Tarantino e outros hóspedes caninos. Sentiu o rosto ralado pela barba dele (por fazer, é claro), reparou nas manchas de gordura amarronzadas na parede onde ele devia encostar a cabeça. Mal escondido atrás da vassoura, um monte de pelo e poeira começava seu trajeto rumo à cozinha.

"O último macho hétero...", "o último macho hétero..." Verônica se lembrou das discussões intermináveis com o advogado do ex-marido da cliente Roberta que certamente tinha prometido o melhor acordo possível para aquele outro macho hétero com nome de príncipe, Henrique; rico portador de uma cama com colchão de molas, duas amantes, um apartamento de cobertura na praia e um advogado caro para lidar com o divórcio. Felipe não era o último macho hétero e isso, pensou Verônica, não necessariamente era uma boa notícia.

Ele seguiu com seu discurso enquanto preparava algo para comerem, retirando do meio da louça suja só os itens necessários para o preparo e abrindo espaços na bancada de alumínio com empilhamentos arriscados de panelas e pratos que chegavam até os armários suspensos de fórmica verde. Verônica observava sentada na única cadeira da casa, onde ele a depositou chamando-a de boneca, "espera que eu preparo tudo, boneca".

Observou as costas largas do homem e seus cabelos um pouco grisalhos. Usava uma cueca muito larga que deixava seu membro balançar como se ainda estivesse nu e dificultava um pouco que ela dimensionasse a bunda e verificasse se a visão conferia com o tato. Era quase impossível parar de olhar. Sentiu os peitos doloridos balançando dentro da camiseta emprestada e decidiu se vestir para desviar a própria mente daquele escrutínio do corpo de Felipe: "vai, boneca, quando ficar pronto eu te chamo".

Verônica recolheu o sutiã, a camiseta suada e a *legging* do chão do quarto, checou o celular, fechou a mochila e reparou numa caixa de madeira ao lado do colchão onde ele havia depositado a camisinha usada com um pequeno nó na ponta.

Recolheu a caixa e indicou, chamando Felipe:

— Posso jogar no lixo?

— Não, não, deixa que isso eu faço depois.

— Ok — ela respondeu, ainda observando a quantidade de esperma que a transa tinha rendido antes de seguir para o banheiro.

Comeram ovos mexidos sabor pizza com torradas de pão Pullman (uma especialidade dele). Ela gostou e foi embora feliz, agradecendo com um beijo ao passar pelo pequeno portão enferrujado da entrada da casa.

O novo encontro demorou quase duas semanas para acontecer, assim como seriam quase todos os outros, e Verônica foi decifrando sem muita dificuldade os desígnios que Felipe tinha definido para si: o último macho hétero não encontrava com ninguém dois dias seguidos para não gerar a falsa impressão de um compromisso;

afinal, um homem aparelhado daquela forma era quase um bem público e deveria servir à máxima quantidade possível de mulheres carentes de machos héteros conforme sua necessidade ou desejo, e conforme o tempo que ele tivesse disponível para encontrar as fêmeas nos aplicativos entre um e outro compromisso canino. Ele fazia questão de insinuar nos cantos das conversas que tinha estado com outras mulheres, mas nem era preciso, já que brincos e elásticos de cabelo eram presença constante sobre a pia do banheiro. A camisinha era imprescindível (Verônica apreciava isso) e seu destino era sempre o mesmo: a caixa ao lado do colchão.

Por que só trepavam na casa dele? Porque era ali, onde o ruído da freada dos ônibus entrava rasgando quarto adentro, junto às bolas de pelo e aos furos generalizados (no colchão, no tapete e na camiseta de Felipe), que ela reiterava com determinação o trato do prazer ocasional e despretensioso. O pardieiro do último macho hétero era estranhamente seguro. Em dado momento, ela pensou que o prazer de dispensar o macho e observar seu espanto e seu orgulho ferido talvez fosse maior do que o prazer do sexo, mas parecia que sempre havia algo mais por descobrir, no corpo dela, no corpo dele ou... para onde afinal ele levava as camisinhas que ela nunca podia jogar no lixo do banheiro?

Verônica reparou lá pela quarta vez em que foi ao cafofo do macho. Ele saía pela porta da cozinha e percorria a lateral da casa em direção à lavanderia para ali, ela imaginava, dar destino final ao próprio esperma.

Numa das vezes em que isso aconteceu, lá pelo quinto encontro, Verônica tentou segui-lo, mas Felipe se voltou sobressaltado, indicando que ela retornasse pelo caminho de onde tinha vindo.

— O que tem aqui atrás? — perguntou ela, bisbilhotando com os olhos.

— Nada demais, gata. É só a lavanderia — respondeu ele dirigindo-a pela cintura na direção desejada e aproveitando para uma leve encoxada.

De soslaio, Verônica reparou que não havia outra lata de lixo ali. Nem grande nem pequena, ou nada que ela pudesse enxergar facilmente pelo menos. Resolveu então que era preciso investigar para onde iam os ex-futuro-rebentos do último macho hétero. No encontro seguinte, depois da transa, tentou.

— Tô com fome, gato... não tem assim... um presunto, um queijo, alguma coisa pra gente fazer um lanche?

— Hum — ele abre a geladeira, olha para Verônica e — não tem nada...

— Você podia buscar, né? A padaria é tão pertinho e você me deixou tão faminta.

Sim, ela sabe que é um charminho totalmente premeditado e quase nojento, mas acha que nesse caso, os fins justificam os meios.

Ele sai pelo portão, ela ouve o ruído, veste os chinelos que ele largou num canto do quarto, dribla os lençóis caídos, a calcinha, o jeans que ele vestia antes da transa, se enrola na toalha e vai até a cozinha. Trancada. A porta que dá para a lavanderia está trancada, claro! E ele leva o enorme molho de chaves consigo como se fosse um carcereiro!

Enquanto come o sanduíche, tenta arquitetar outro plano para ter acesso à lavanderia, e, não fosse a distração dos pedaços de pão úmido grudando nos dentes do fundo, Verônica teria conseguido.

— Tá goxtoso, gata?

— Hum hum, tá *xim* — respondeu ela de boca cheia, aplicando nele um breve selinho como se isso disfarçasse o rumo de suas elucubrações.

Nem a caminhada na pracinha perto de casa conseguiu afastar a curiosidade no dia seguinte. Coincidência ou não (e Verônica não acreditava muito em coincidências) um par de cachorros tentava trepar diante dos donos atônitos que aparentemente já tinham tentando dissuadir seus pets daquela indecência matinal. Imaginou como seria bom transar com Felipe logo cedo e mentalmente colocou isso na agenda.

Depois de uma semana, ela não tinha esquecido: nem da transa, nem do colchão, nem da caixa ao lado do colchão. Foi quando ele fez contato de novo. A mensagem era sempre a mesma. Ele lhe enviava logo cedo um *emoticon* de fogueira como sinal para se encontrarem. Nem uma palavra, nem um "estou com vontade de te ver". Ela deveria seguir na conversa, talvez uma forma de Felipe deixar claro que, se ela não quisesse ou não respondesse, eles nunca mais se encontrariam.

Respondeu com mais uma fogueira e um coração. E ele:

Quando?

Amanhã à noite?

Ah, amanhã vou fazer um happy hour com uns amigos naquele bar na frente de casa.

Posso te encontrar lá se você quiser.

Blz, então vem depois das 20 pra vc não esperar mto.

Encontrou Felipe do jeito que imaginava: um tanto bêbado.

Apresentou a Dra. Verônica ao Joca e ao Evandro, fazendo cara de trunfo e segurando-a pelo quadril (ele adorava quando ela vestia as saias justas dos terninhos de trabalho). Ela se sentou, soltou o coque e balançou os fios castanhos dando leves coçadinhas para libertar os cachos do incômodo deixado pelo penteado, tirou a camisa de dentro da saia, desabotoou a parte inferior e deu um pequeno nó nas duas pontas. Pronto. Sentindo-se mais à vontade, pediu um chope e bebeu devagar enquanto os três homens discutiam, em meio a interrupções e tapas na mesa, a correlação entre os níveis de canalhice dos políticos e os times para os quais torciam; uma teoria sem pé nem cabeça mediada pelas preferências futebolísticas de Felipe, palmeirense, e dos outros dois. Joca era santista e Evandro, corintiano. Aquilo ia longe. Foi então que Verônica teve sua epifania Sherlock.

Pediu licença, foi até o banheiro do bar e voltou:

— Posso ir até a sua casa pra usar o banheiro, gato? — e sussurrou no ouvido dele — o daqui tá muito sujo...

— Claro, quer que eu vá junto?

— Não precisa, é só atravessar a rua. — Outro selinho, um sorriso algo sexy para impressionar os demais machos presentes e lá se foi a doutora, rebolativa e feliz com o molho de chaves na bolsa.

Os dedos rápidos se atrapalharam para identificar qual delas abria a porta da frente. Conseguiu depois de um tempo longo demais, deixou a bolsa sobre a única cadeira da casa e seguiu para a porta da cozinha, começando o novo suplício das chaves. Respirou fundo, usou o método de ir separando as já testadas entre os dedos e finalmente a porta se abriu. Caminhou pelo corredor estreito e esburacado até o puxadinho de telhas de zinco onde estavam a máquina de lavar, uns caixotes de madeira meio desmontados e uma geladeira Frigidaire verde muito antiga. Nada de lata de lixo. Caramba... não era possível. Onde estariam os ex-futuro-rebentos do último macho hétero?

Percebeu a inquietação do cachorro que já tinha reconhecido Verônica e deu a ele um dos petiscos que estavam no pacote colorido sobre a geladeira. Voltou ao puxadinho-lavanderia e seus olhos pousaram no calendário imantado preso à porta metálica que escondia, a partir da página dois, doze mulheres em poses as mais variadas (algumas que ela nunca tinha tentado). Pelo tato, sentiu a vibração do motor ligado.

E foi ali, depois do ruído da alavanca e de começarem os latidos de Tarantino no canil, que Verônica as encontrou: banhadas pela luz azul da lâmpada colocada no fundo do refrigerador, dentro de diversas caixas de madeira sem tampa, descansavam as camisinhas, num tipo de arranjo criogênico que pretendia, provavelmente, conservar a prole potencial do último macho hétero para alguma posteridade. Mas qual posteridade, caralho?! O homem tinha pavor de filhos, foi o que ele sempre disse!

Verônica teve o ímpeto de tocar a lâmpada e queimou de leve a ponta do indicador direito num "ai!" acompanhado por mais latidos de Tarantino. O artefato tinha sido modificado para que a lâmpada permanecesse sempre ligada ao invés de acender só quando a porta se abria. O que era aquilo afinal?... Agachou-se e percorreu com os olhos as quatro prateleiras e as caixas onde as camisinhas eram expostas em distâncias regulares de uns três centímetros. Levou o dedo à boca e chupou a pequena bolha. Aquilo dificilmente funcionaria se ele tivesse qualquer intenção de conservar a futura prole, e, caso aquilo fosse algum tipo de cenografia de filme B, Felipe não precisaria da lâmpada acesa o tempo todo. Era insano. Onde afinal ela tinha se metido?! Fechou a geladeira com força demais, ouvindo o clack metálico da alavanca e o plaf do calendário caindo no chão. Tarantino latia e Verônica mandou um "cala boca, cachorro" em direção ao canil enquanto colocava as fêmeas imantadas de volta no lugar. Um pouco trêmula, ouviu o ruído metálico da maçaneta da entrada.

Corre para dentro da casa, fecha a porta, liga o chuveiro, tira a roupa e molha-se o mais rápido que pode enquanto ouve o trinco forçando mais uma ou duas vezes.

— Calma, já vou! — olha-se no espelho entre as manchas que corroem as quinas, esfrega o rosto para se acalmar, enrola-se na toalha que encontra por ali (meio suja, como sempre). Abre porta.

— O que aconteceu? Você demorou, gata.

— Desculpe eu resolvi tomar um banho, tá muito calor.

E na mesma hora se lembra da porta destrancada da cozinha com o molho de chaves pendurado. Ainda é preciso dar um jeito naquilo. Mas como?

— Vamos tomar um banho juntos, vem? Você também deve estar com calor. — Sugere Verônica.

E essa é a última trepada com o último macho hétero: de pé junto à parede do banheiro, com os pés apoiados nas panturrilhas dele como já havia feito com um ex-namorado, mas com uma técnica que aquele homem devia ter aprimorado ao longo de muitos anos. E de camisinha, como devia ser (elas estavam por toda parte, inclusive dentro do armarinho espelhado do banheiro). Assiste ao seu próprio rosto nos trechos possíveis do espelho, os olhos verdes escorridos de maquiagem. Repara na bunda arredondada dele pela última vez.

A preocupação impede que Verônica goze. Precisa afastar Felipe dali, ou ele vai seguir diretamente para a porta da cozinha depois de gozar. É preciso levá-lo para o quarto e, por sorte, por prática ou por genética, Felipe demorava muito a gozar.

— Vamos pra lá um pouquinho, gato, aqui tá escorregando demais.

Ele ri e atende.

Terminam sobre o colchão, uma trepada pesada e cheia de desconfortos no ventre em que ela visualiza (vez sim-vez não, vez sim-vez não) a porta da geladeira aberta, as camisinhas cuidadosamente preservadas e até, numa alucinação momentânea, os pequenos bebês azuis em suas bolsas de látex como mudas numa estufa.

Ele está cansado. E bêbado.

— Fica aqui. Vou buscar uma água pra gente.

Verônica consegue trancar a porta, tira dali o molho de chaves e as deposita sem fazer ruído algum ao lado da bolsa, onde teriam ficado se ela só tivesse entrado na casa para usar o banheiro e fosse acometida por um desejo incontrolável de tomar banho.

Eles nunca dormiram juntos. Era uma parte da política do último macho hétero que ela apreciava agora mais do que nunca. Uma noite, depois de assistirem a um filme abraçados, ele chegou a dizer: "a gente nunca dormiu juntos, né?". E eles nunca dormiriam.

Com os cabelos ainda molhados Verônica se despediu de Felipe no portão e caminhou ladeira abaixo para chegar à avenida. Decidiu ir para casa a pé numa tentativa de desacelerar os pensamentos maquiavélicos. Sentiu o cabelo úmido colado ao pescoço e se lembrou de *Carrie, A Estranha*. De alguma forma sentia-se traída e até triste por perder as trepadas épicas e aquele último fio de romantismo onde Felipe figurava como um homem interessante, apesar de um pouco excêntrico. Qual seria o projeto dele? Popular o mundo com milhares de filhotes de macho hétero numa tentativa de promover o reequilíbrio ecológico da espécie? Ah, ele tinha dito algo sobre isso! Era toda uma teoria sobre como a extinção dos machos anunciava o fim da humanidade pela supressão progressiva da possibilidade de reprodução das fêmeas.

Verônica pensou no destino final da pobre Frigidaire, tão parecida com a de sua avó, pensou nos bancos de esperma e nos óvulos das milhares de mulheres de trinta e tantos anos que, como ela, tinham optado pelo congelamento da maternidade diante da espera sem perspectiva por um macho-possível-pai; um adiamento frio e sem data que viria a gerar úteros prenhos de 50, quem sabe 60 anos e milhares de grávidas de homens que batiam punheta diante de calendários e revistas. Sentiu na espinha a insanidade daquilo tudo. Teve medo de Felipe e das ruas escuras no final do trajeto até seu apartamento. Parou um táxi e desconfiou seriamente do motorista gordo e suado. Imaginou os taxistas como um outro reduto de machos hétero e provocou-lhe horror a perspectiva de um mundo onde só existissem filhos de taxistas gordos e suados, ou filhos de moradores de pardieiros especializados em técnicas avançadas da captura de fêmeas por aplicativos, da criogenia dos espermas e da correção heteronormativa do mundo. Lembrou-se da cliente Roberta (havia desses machos também em apartamentos de cobertura na praia).

O elevador demorou a chegar e seu interior inoxidável fez Verônica se sentir gelada, apesar do calor. Precisou trancar a porta correndo, largar a bolsa sobre o aparador e seguir imediatamente para o chuveiro. Fechou os olhos e sentiu o abraço morno da água. Do meio de suas pernas, as primeiras gotas de sangue daquele mês começaram a escorrer em direção ao ralo.

O avesso da caça

Encontramos a mulher na posição mais confortável possível, imersa na água fumegante da banheira, o corpo em leve flutuação. A espuma é de flores de lótus, diz o rótulo, mas ela duvida que alguém tenha sintetizado o perfume dessas flores. A taça de vinho está vazia ao lado da banheira.

A mulher está plena porque capturou o Mestre.

A janela é larga e translúcida como uma taça porque o Mestre não tem vizinhos. Ele mora ao lado do parque, ao contrário da mulher que mora no centro da cidade e se conforma com um pequeno vitrô canelado.

O Mestre entra com os cabelos grisalhos molhados e uma toalha amarrada na cintura. Está em boa forma, como ela imaginava. Leva vinho branco e morangos até o trono de espuma onde está a mulher. Coloca a mão esquerda dentro da banheira (é canhoto) e procura o corpo dela. O bico dos seios, o umbigo (o Mestre entende muito dessa matéria).

Por um instante, a mulher se dá conta de que é tudo um pouco brega (banheira, vinho, morango, até o homem), mas acha graça. Está simplesmente relaxada e decidida a desfrutar cada segundo até que a água esfrie.

Quando o Mestre volta para o quarto, a mulher fecha os olhos. Sente o suposto cheiro das flores de lótus, testa entre os dentes a resistência da carne rosada e o azedo de mais um morango; o vapor subindo pelo pescoço, os cabelos levemente molhados grudados na nuca, mais um gole de vinho. Os dedos dos pés esfriam e ela os coloca de volta dentro da banheira.

Seca os cílios com a ponta da toalha e abre os olhos preguiçosos. A lagartixa está bem diante dela, do outro lado do vidro. O avesso translúcido do bicho revela o estômago esverdeado onde terminam as mariposas atraídas pela luz do banheiro. A mulher pensa: viscoso, escamas, caça, morte enquanto a lagartixa faz do transe dos insetos um banquete. A única chance de salvação é se aproximarem da luz enquanto a lagartixa está ocupada mastigando a vítima anterior. Todo o resto do tempo, ela caça e as mariposas morrem.

Tem unhas. A mulher nunca saberia que a lagartixa tem unhas se não a visse do avesso. O corpo rétil do bicho se dobra quase ao meio, a cabeça se ergue rápida, poucos segundos debatendo a cabeça e o rabo antes de cada mariposa ser completamente deglutida, nenhum ruído até a presa. Já é a terceira. A mulher imagina quantos insetos cabem dentro de uma lagartixa. Lembra da noite anterior: a suavidade acetinada do vestido sobre seu corpo, o perfume levemente cítrico que escolheu, os olhares dos homens formigando sobre sua pele.

Ergue a taça próxima aos olhos e escolhe mais um morango, o mais bonito. Toca a pele vermelha da fruta com as pontas dos dedos e sente as sementes com as unhas rosadas. Coloca-o inteiro na boca e não morde. Não ainda.

Ela sabia quem era o Mestre e sabia que não seria fácil. Fez tudo como um experimento de biologia. Funciona.

Nada ficou para trás

E então eu te raptaria e te levaria até o mar. Depois de todos esses anos, veríamos nossos pés sob a espuma branca, os dedos sumindo na lama salgada, nosso próprio peso afundando os corpos moluscos, o risco de sermos engolidos ali mesmo, lado a lado. E você diria: vamos! Num salto, começaria a corrida desajeitada com tuas pernas finas e teu cabelo já grisalho, para se atirar e se perder no meio da onda branca. Grande demais, cuidado! Depois uma marola e teus pés sumindo dentro dela. Eu paralisada pela tua presença, tão próxima e já se perdendo no escuro infinito, ligando todos os oceanos, teus pés criando algas e eu pendurada nelas pelos fios mais finos, seguindo um pouco do teu caminho para me perder nele enfim, depois de tanto; a visão do teu corpo nu, o teu sorriso tão perto, os poucos pelos do teu peito, a barba ríspida como eu nunca soube, tuas palavras, teus pedidos-sussurros, as plantas dos pés sobre a minha coxa, àsperas dos lugares por onde você caminhou todos esses anos, antes.

Na sala, toca um ajuste de Bach para algum ritmo, um jazz, quase um samba que você não escolheu, porque não sabia que seria hoje, mas toca, porque te liguei e você disse: só se for hoje, e era; todas as coisas perdidas no fundo da bolsa caindo sobre o chão frio do escritório, cada uma com seu específico ruído e os funcionários, fim de expediente, vendo aquela mulher, cabelos quase brancos, depois de tantos: ela recolhe ajoelhada as mesmas coisas que pediu há poucas horas que o sapateiro resgatasse detrás do forro da bolsa na esperança de que houvesse ainda um resto daquele perfume amazônico comprado há anos, só o suficiente para hoje, atrás das orelhas, nos pulsos, entre os seios, porque ela também não sabia que, depois de tanto, viria a mensagem: só se for hoje.

O que eu levo? Você disse: me surpreenda. Escolho cerejas muito vermelhas e caras demais. Mordo a primeira e um pingo escuro desaparece na velha camiseta preta que uso, porque era só um dia ordinário e então pensei na tua casa nova, no teu possível quintal, talvez você tivesse agora um gato e talvez eu tivesse que domar a alergia tomando aquele remédio que também estava atrás do forro da bolsa, esperando.

Não chove, mesmo sendo novembro. É para podermos passear no jardim onde você vai me mostrar o poste alto e o sorriso de quem tem uma lua particular, a lua do teu quintal que eu vim ver só hoje, depois de todos esses anos, como se fosse combinado, sem vergonha, sem luto, sem roupa, só o tempo suficiente para você me puxar para perto como se já fôssemos; nenhum fosso, nenhum medo, o teu cabelo é grosso e eu só soube hoje.

Você segura meus seios, interrogativo como se fossem pessoa dentro de pessoa e eu gosto. Sinto teu gosto, era esse antes das cerejas, só uma dose de cachaça em dois copos minúsculos para começar a noite como se você me esperasse desde ontem, anteontem, todos esses anos, e pode ser que dure pouco, só essa dose, só esses incontáveis gozos sob a lua particular da tua casa e os miados da gata que você de fato tem e o tilintar do brinco que ela vai carregando até a sala, você escuta.

Eu mouca, visto a primeira camiseta da pilha de roupas passadas, sem escolher mais nada, só para não ficar doente na noite de São Paulo, tão cheia de correntes: lavanderia, sala, quartos, todos os nossos vãos; é quase verão e as janelas abertas me atravessam e o algoritmo continua escolhendo esse piano e eu danço! A tua sala se multiplica, as paredes se dilatam e eu danço! Os móveis se afastam, o rabo da gata curiosa me enrosca, eu e a gata em giros uníssonos expandimos tudo porque depois de tantos anos, hoje eu consegui ocupar a tua cama, a tua sala, o canto esquerdo da lavanderia onde ficam as vassouras, o vão sobre a geladeira pequena, os cantos onde vou deixar um pouco do meu falso perfume amazônico para você encontrar depois d'eu pedir ajuda para chegar na esquina, o carro distante, a tristeza infinita dos moradores de rua comendo do lixo em tempos tão sombrios; depois de tantos anos, nada resolvido no mundo, tanto passado, meu romance, uma pandemia, cinco casas construídas, teu novo apartamento que eu precisava conhecer, o mesmo velho carro de onde nos aproximamos, uma carona de meio quarteirão para você ficar na porta segurando o braço dolorido, o direito que me enlaçava até há pouco: se cuida; e o meu coração é quente e caudaloso mesmo com o vento atravessando todos os vidros escancarados do carro e o Vale do Pacaembu passando do lado esquerdo; e a minha cama é um lago morno onde boio, minhas roupas sobre o piso do banheiro onde meu cachorro cheira a tua gata, tudo espalhado às pressas para que nada me distraia de dormir com tua presença por dentro, depois de todos esses anos, sem mais, nem sonhos, só o escuro, e sobre a cômoda o par de brincos adormecendo: foi a própria gata quem colocou ao pé de mim o que faltava antes da partida. Nada ficou para trás.

Depois será tarde

Terça-feira

A sala tem um pé-direito monstruoso e é toda construída de madeira escura. A luz entra só pelos vitrais próximos ao teto; o térreo é amplo, escuro e sem qualquer mobiliário ou janela. As escadas estreitas desembocam em passarelas que percorrem os vitrais coloridos. Corredores mal iluminados dão acesso a outras salas semelhantes. Numa delas, a escadaria começa na porta, sobe até a passarela que percorre os vitrais e retorna descendo até o ponto de partida: a única entrada e a única saída.

Ao ir embora, percebo que esqueci minha bolsa em um dos corredores. O pai do meu filho volta comigo. Anoiteceu e passamos por uma viela estreita com esgoto a céu aberto, moradores de rua, cachorros brigando por comida e os maiores ratos que já vi. Caminhamos de braços dados a passos firmes com o peito projetado adiante, é a caminhada do leão que aprendi com um amigo. Sinto medo, mas estou segura e grata. Ao anotar o sonho, lembro de Escher e de catedrais góticas.

Começo a fisioterapia às 6h30 ouvindo mantras para um efeito extra de cura.

Esfrego e solto os cabelos porque gosto de ver os fios brancos conforme me movo.

Danço com o tronco e a cabeça nos intervalos entre as séries para fingir que faço algo de que gosto,

ou para me divertir,

ou para esquecer dos cinco quilos presos a cada um dos tornozelos.

Abraço meu joelho direito com as mãos, uma por cima, outra por baixo, sinto o calor do gesto e rezo para não perder a capacidade de andar antes de morrer, como aconteceu com meu avô e provavelmente acontecerá com meu pai. Lembro-me da massagista que disse: joelho é coisa de humildade.

Será que já sou humilde o suficiente?

Tomo café ouvindo o áudio que pedi à líder comunitária Juliana:

"As meninas vieram pra erguer o nosso queixo e dizer que a gente é maravilhosa. Aqui é muito duro, não tem saneamento, o crime interfere, mas a gente tá seguindo e se organizando. Se não fossem vocês, eu tinha desmoronado".

Consigo não chorar ao encaminhar a fala da garota no grupo de planejamento do projeto. Penso nos olhos fundos de Juliana no dia do incêndio que queimou 40 barracos, penso nos tantos quilos que ganhou durante a pandemia; lembro quantas vezes pintou os cabelos de azul, amarelo, vermelho e lilás nos últimos meses (meu cabelo cairia se eu fizesse isso). Penso no canalha que contratou seu marido para carregar caixas no CEAGESP e nunca pagou, lembro do gosto do bolo de fubá que sua mãe serviu quando fui levar para ela o computador do projeto e rezo pelas crianças que correm nos terraços sem guarda-corpos da ocupação onde Juliana mora.

Quarta-feira

Conto para a terapeuta sobre meus sonhos dos dias anteriores: eu perdendo a direção do carro numa curva da SP-050 e flutuando sobre um campo de flores; depois o sonho em que tento surrar com uma panela as duas larápias que iam roubar meu carro e de repente digo "corta!", avisando a produção do filme que as panelas são pesadas demais para a cena.

A terapeuta levanta a hipótese de que grande parte dos meus sonhos seja apenas um exercício, e diz que precisamos começar a distinguir o que tem relevância para o "meu processo". Penso que será uma injustiça tremenda do inconsciente se só o angustiante tiver relevância depois de tantos anos de terapia.

Omito o sonho da casa que podia ser trancada por fora, mas nunca por dentro. Não conto como atravessei a rua e encontrei a paisagem noturna e fria onde o céu azul escuro era recortado pelos contornos negros dos pinheiros; ao fundo o lago repleto de flores de lótus resplandecendo à luz da lua. Mesmo em sonho, agradeci por ter visto aquilo. Teve relevância.

Quinta-feira

Encontro o ex no pátio do prédio em que ele mora na Vila Leopoldina. Fico algum tempo escondida entre as árvores para poder observá-lo através do buraco em um poste, como fiz há mais de trinta anos quando me apaixonei por ele. É mais alto do que eu lembrava e só me reconhece depois que saio da escuridão. Sorri e eu salto em sua direção. Ele me toma pela cintura e me ergue como se eu fosse uma garotinha ou uma patinadora olímpica. Acordo.

Nunca vou saber onde ele realmente mora com sua esposa e o bebê e penso que isso só tem alguma importância na cabeça do amigo que fez questão de me contar que ele agora é meu vizinho.

No lusco-fusco da consciência enquanto tento dormir de novo, me vem uma ideia importante. Sei que é uma ideia importante, mas fico com receio de acender a luz para anotar e perder o sono de vez. Quando o despertador toca, já não lembro de nada e começo a pensar no I Ching. Lembro como Edith tira aqueles palitos incríveis, suas mãos numa agilidade de pega e solta e recolhe e tira e solta que eu mal acompanho, mas acho lindo.

Trovão sobre a montanha, ela diz.
O momento em que a luz se faz
é a oportunidade de ouro para adivinhar o relevo
e agir.
Depois será tarde.
Calma, atenção, coragem, trovão.

Respiro fundo para não ficar brava comigo mesma por não ter anotado a tal ideia importante e peço à Deusa Sarasvati que continue protegendo as minhas palavras e a minha imaginação. Vou precisar delas mais do que nunca na minha nova vida que começa amanhã.

Resolvi marcar a data da viagem depois de deixar para trás meu antigo trabalho há um mês. Defini sem saber quem (e se) alguém iria comigo, uma casa cara demais em Paraty, numa reserva repleta de cachoeiras, um lugar ótimo para escrever.

Preciso fazer compras, trocar os pneus do carro e os pedreiros chegam para continuar a obra da lavanderia O som da maquita cortando o piso se junta à motosserra que poda a árvore curva demais em frente ao prédio. Sinto pena da árvore curva demais e alívio por eliminar o quarto de empregada. Lembro-me de Grada Kilomba: o racismo entranhado na arquitetura dos prédios.

Na loja de pneus, o atendente tem uma perna maior do que a outra, mas aparentemente sabe dirigir. Pergunta se moro perto. Vai me levar em casa para esperar, porque o serviço demora. No carro, faz questão de justificar o ruído. "Escapamento esportivo, senhorita, não se incomode". Penso na ironia de um manco com escapamento esportivo e acho graça do "senhorita".

À noite, antes de dormir, peço para lembrar a ideia importante. Fico ali estática e concentrada, sem nem cruzar as pernas para tudo fluir melhor. Peço, peço... peço...

e assim recupero o argumento do livro infantil e o nome da protagonista Bebete, com todos os "e"s acumulados de Jorge Benjor.

Tomo o caderno da cabeceira da cama e escrevo o mais rápido que posso como se as ideias pudessem pressentir a ansiedade do escritor e fugir. (Já as vi fazendo isso, na verdade.) Agradeço pela segunda chance como se um raio tivesse caído de novo num mesmo lugar chamado eu.

Um raio nos mata, outro nos ressuscita, como no romance de Agualusa.

As coincidências, a luz, trovão sobre a montanha.

Penso na palavra prontidão. Espero estar pronta para subir montanhas e enxergar caminhos. Durmo com pontilhados dentro dos olhos, como tem me acontecido ultimamente.

Sexta-feira

Estamos à beira do lago. O ex-marido mergulha primeiro e logo atravessa.

Observo a água de mãos dadas com nosso filho. Ele tem cerca de três anos e é uma mistura dos meus dois filhos reais quando pequenos. Tomo coragem, mergulho de mãos dadas com o menino, mas afundo demais e entro numa zona de desorientação. Vejo a luz da superfície do lago aqui e ali, mas não sei para onde me mover em busca de ar. O menino ainda está preso à minha mão e percebo que vou afogá-lo. Tenho ímpeto de dizer "Nada, meu filho, nada!!", mas ele não me ouviria e nem sabe nadar. Mesmo assim, solto o menino na esperança de que sozinho ele vá encontrar a superfície, ou que o pai o encontre, ou ambas as soluções.

Fico ali, surpresa e mergulhada na sensação anfíbia de respirar debaixo d'água, torcendo por eles e olhando a luz da superfície que ora aparece aqui, ora ali.

Por causa dos trovões, acordo antes do despertador que toca às 5h20. Começo os preparativos.

Meu cachorro me segue pela casa como sempre faz quando começo a enfileirar as malas perto da porta da cozinha. Olho o sortimento de comida que vou levar. Talvez seja suficiente, talvez não. Entro no carro, tiro a máscara, o cachorro se acomoda no piso do banco de trás em sua caminha e partimos em direção à Via Dutra.

O sonho me perturbou um pouco. Não foi recreação cerebral, certeza. E foi relevante.

Para compensar, pego a Dutra com a *playlist* "Vai ficar tudo bem". Começa Duda Beat que sempre me arranca um pequeno sorriso: "chega de tanta bobagem de tanta besteira, sei que você sabe se eu entrei na brincadeira". Visualizo a Duda de pink com laços enormes no cabelo e aqueles lábios carnudos de meu Deus. Imagino Duda, eu e Ricardo dançando, imagino eu e Ricardo na cama. Penso em quantos homens destroçados eu peguei. Penso se sou destroçada (ou até que ponto).

Pisca alerta no carro adiante. Reduzo a velocidade e o coração fica sobressaltado pela expectativa de um possível engavetamento. Na Dutra é assim, por um lado você não quer que seja isso; que "pelo amor de Deus ninguém tenha se machucado"; por outro todos desaceleram ao máximo para verificar se houve um acidente, numa curiosidade mórbida que gera lentidões desnecessárias. No trecho de gargalo, só mesmo o excesso de tráfego na alça do viaduto que leva ao aeroporto de Guarulhos: policiais rodoviários, pessoas fora do carro, São Paulo sendo São Paulo, Brasil sendo Brasil e a velocidade das coisas como elas são. (Como Ricardo e nossa aproximação claudicante.)

Logo retomo o limite de 110 km/h e a *playlist* escolhe Agente 69 do Funk Como Le Gusta. (Ricardo.) Meus ombros dançam e penso sobre a precisão do aleatório e se haveria nisso alguma mensagem.

Em Guararema a velocidade muda para 100 km/h. Gostaria muito de entender o que rege essas mudanças: 110, 100, 80, 90, 110 de novo. É de enlouquecer. "Tô dividindo pra poder somar, desesperado pra ter paciência", é a mensagem de Tom Zé: só dirige e usa direito o piloto automático.

Passo por Jacareí com Samuca e a Selva, "afobado, mesmo que de peito altivo, nunca foi adjetivo, de quem sabe o que é amar". Reduz de novo para 100 km/h (Ricardo), 80 na Polícia Rodoviária de São José dos Campos, garoa, chuva, tempestade em Taubaté.

"Cuadradito del cielo que me haces mal", Onda Vaga e o carro de novo pleno de metais.

Na serra, chove forte. Lembro-me da descida da Paraty-Cunha com três poetas no meu carro, lembro-me do areião que quase acabou com a viagem antes de asfaltarem a pista, dos carros abandonados, das pichações, e do poeta com quem eu me encontrava na madrugada com uma única e clara intenção. E tudo bem. Adoro metais.

Trilha na mata. Chuva. Atenção. Trovão.

Chego na Casa Macaco.

Ela foi construída pelo amigo arquiteto croata e o último andar fica na altura da copa das árvores. O caseiro, jovem demais para ser um caseiro, vai subindo, subindo comigo até o último andar. A casa tem 13 metros de altura, ele diz. Meu cachorro tenta nos seguir, mas escorrega do terceiro para o segundo andar e começa a ganir. O último andar é todo aberto e quase dá para tocar as folhas das árvores, as luzes iluminam a mata quando a noite cai e mariposas gigantes que parecem morcegos se debatem nas janelas fazendo um ruído seco.

O quarto do segundo andar é melhor, mas escolho dormir no primeiro por enquanto por causa do pavor que o cachorro sente das escadas. (O casal de amigos vai ficar feliz com o quarto do segundo.) A casa é praticamente um triângulo e toda a parte interna, paredes, bancadas, tudo é de madeira. (Catedral.)

Amanhã chega o casal de amigos que ficará logo acima da minha cabeça. Se transarem mais pesado, capaz de eu ouvir tudo. Penso que é preciso estar com a alma em dia para dar conta disso. Checo a alma em dia. Sim, ela está aqui.

No chão próximo à janela, uma cigarra caída. Confiro sua morte com um pequeno toque nas asas transparentes e por ali mesmo a tomo. É muito verde e fico olhando sua carinha verde, seus olhos saltados muito redondos e igualmente verdes. Quando atiro o bicho para fora da janela, ele sai voando. Um pequeno grito involuntário escapa de dentro de mim.

Pequena utopia vegetal

Era um tipo estranho de ativismo: pedia que as pessoas não consultassem seus celulares durante a pausa forçada pelos semáforos vermelhos e usassem esse tempo para observar as árvores. Que resistissem. Sobretudo que resistissem às telas!

Os *headquarters* não barraram a campanha, não previram a consequência do desempenho crescente de palavras como árvore, pausa, canteiro, parque, farol (termos até então não monitorados nas redes sociais); portanto não anteciparam o campo semântico emergente que reaproximaria humanos e plantas, despertando narrativas guardadas sete palmos abaixo do asfalto há mais de um século. Ninguém entendeu que isso geraria uma plataforma de comunicação totalmente nova, feita de carbonos, nitratos, água, neurônios e ondas elétricas, algo imprevisível até para os robôs mais avançados.

Tudo começou meses antes do Dia do Grande Trânsito.

Depois de se darem conta do movimento, os diretores da corporação saíram de reuniões tensas e cheias de estatísticas exponenciais trocando palavras como "sorrateiros..." e "impossível!". Provavelmente era tarde demais para coibir aquilo e logo chegaria o ponto de virada. Eles sabiam disso mais do que ninguém. Tinham investido milhões em estudos técnicos com o objetivo de arquitetar e controlar as mudanças de humores, de mercado, de opinião e de posições políticas. O Dia D (como era chamado à boca pequena) era muito difícil de prever e não adiantou nada os *headquarters* oferecerem bônus vultuosos para quem desenvolvesse esse cálculo. Ninguém se candidatou a apresentar uma solução.

E assim foi: deu-se num dia qualquer e muito antes de alguém formatar o algoritmo que ajudaria a conter o incontrolável. As pessoas simplesmente desligaram seus celulares e seus carros e foram ter com os vegetais. As buzinas cessaram, os motoboys desligaram as motocicletas, as ambulâncias estacionaram e a cidade finalmente parou.

O nome, Dia do Grande Trânsito, foi dado por um radialista famoso e num primeiro momento dizia respeito, é claro, ao tráfego estagnado. Mas aqueles que observaram o que acontecia com mais atenção logo começaram a falar em outros tipos de trânsito: de valores, de consciência, de frequência ou, numa versão menos científica, num trânsito das almas. Era só sair às ruas para ver. Ajoelhados, alguns cidadãos chegavam a chorar diante de um pequeno tufo de grama. Crianças apoiadas em seus cotovelos pontudos se plantavam diante dos dentes-de-leão nos canteiros das avenidas e sopravam o mais devagar que podiam, observando o voo das sementes. Um dos grupos mais numerosos ocupou os jardins e as árvores plantados às pressas por um antigo prefeito ao longo do rio e chorava como se velasse o

Tietê. Nos parques, mulheres se amarravam aos galhos das árvores pelos pés, ficando de ponta-cabeça. Acariciavam as cascas das árvores e diziam escutar frases recitadas pela seiva. Coisas como "estou aqui" ou "fica comigo".

E nada aparecia nas redes, como era natural.

O algoritmo sozinho tentou uma última sugestão: "árvore e pausa" normalmente vinham associadas a "monge". E eles foram chamados.

Chegaram de diversas cidades vizinhas no final da tarde escaldante do Dia D. Visitaram os parques lotados onde plantas e pessoas travavam conversas longuíssimas. Observaram os sorveteiros felizes e lucrativos conversando com gerânios, azaleias e até marias-sem-vergonha; viram como os vendedores de água escutavam os galhos das pitangueiras floridas e respondiam "eu sei, eu sei"; notaram os vigias atônitos que, em busca das maiores sombras, tinham sido capturados pela sabedoria de Sibipirunas e Flamboyants, muito comuns nos planos de jardinagem da cidade.

Os monges se sentaram na grama de olhos fechados para entender melhor. Supõe-se que foram eles a precipitar a chuva torrencial que caiu no início da noite do Dia D e fez desprender-se do asfalto um cheiro encruado de pneus e lixo, depois um vapor de petróleo e pedras, depois um odor fresco que era de chuva mesmo e que aliviou todos os seres.

Nos *headquarters*, lamentou-se muito o fim de uma era.

Antes de recolher seu vaso de violetas e desligar o servidor, o CEO disse a si mesmo: "e pensar que tudo começou com uma única falha no sistema de monitoramento".

Este livro foi composto em Sabon LT Std
e impresso em papel pólen bold 90 g/m²,
em abril de 2022.